植物少女

朝比奈秋

朝日新聞出版

植物少女

線香をあげる列が不意に途切れ、

「生前から穏やかでいらっしゃったんでしょうね」

と葬儀屋は母を見つめながら呟いた。

母の穏やかな死顔を褒める葬儀屋の何気ない一言に、霊安室の全ての人間が黙ってしまった。

わたしは隣に助けを求めたが、吉田さんは吉田さんでぼんやりと口を半開きにしたままで、言うべき言葉が見つからないようだった。

どう答えるべきか一瞬戸惑ってから、

「誰も生前の母をよく知らなくて」

と素直に答えた。

「失礼しました。長い間、付き添われたと聞いていたので」

葬儀屋が気まずそうに頭を軽く下げると、ますます誰もが黙りこんで霊安室は静まり返る。

母は一体どのような人間だったのか。

わたしも吉田さんも二十六年もの間、母に寄り添ったというのに、母は自分という人間の一抹さえも誰にも明かさないまま、とうとう逝ってしまった。

思い返せば、わたしの今までの人生は、母が一体どういう人間なのか、そういった困惑に対応するために積みあげてきた層の重なりそのものなのかもしれない。

静寂が霊安室に染みついていくなかで、廊下から父らしき疲れた足音が聞こえてくる。

ほっと胸を撫で下ろして、

「父にきいてみてください」

とわたしは葬儀屋に告げた。

何気なしに父に押しつけたつもりが、ふと母を唯一知る父がどのように答えるのか、かつては聞きたくもなかったことに今になって興味が湧いてくる。

よれた喪服で霊安室に入ってくると、父はポケットに死亡診断書をねじこんで線香をあげる。

拝み終えて振り返った父をわたしはさっそく手で呼びつけた。

「お父さん、葬儀屋さんが、」

わたしは顔を捻（ひね）って瞳で母を指して、

「お母さんどんな人やったんって」

ばつが悪そうに部屋の隅（すみ）で佇（たたず）んでいる葬儀屋に構わず、父に訊（たず）ねた。

「深雪（みゆき）が？」

父の口から『深雪』という名前を聞くのがあまりにひさしぶりで、

「そ、みゆきが」

わたしも母を名前で呼んでみた。

すると、いつからかひどく垂れて眠たそうだった父の上瞼（うわまぶた）がハッと上がって、そこから父はどこでもない一点を見つめて黙ってしまう。かつては思いだしてばっかりだったのに、今ではもう何も思いだすことができなくなったようだった。

父が黙りこむと、もうそこから母がどんな人間だったか誰も語りだす人はなく、わたしが子供の頃から密（ひそ）かに望んでいたことが、ようやくここに来て実現したのだと感慨にふけった。

そんな中で葬儀屋は顔を少し強張（こわば）らせながらも、母を白い布で包んでいく。わたしは一人気分が良く、葬儀屋の手際の良さを上機嫌で眺めていた。

葬儀屋は最後に一礼してから、母を霊安室の外へと運びだしていく。父を先頭に、みんなが母の後ろをぞろぞろと黙って追いかけていった。

廊下の先には霊柩車がリアハッチを開けて待っていた。霊柩車の後ろに母が積みこまれて、続いて助手席に父が乗りこんでいく光景を見守っていると、ふと、これが二人の初ドライブだったりして、とおかしな妄想まで浮かんでくる。

わたしは遥香を抱っこして、自家用車の後部座席に乗りこんだ。

「葬儀屋、かわいそうに」

運転席で夫はそう呟いてから車を発進させた。

わたしは窓から流れていく景色をぼんやりと眺めた。病院の裏手からでた霊柩車は、そのまま砂利道をゴトゴトと低速で進んでいく。

黄色い菜の花、駅前のロータリー、車がすれ違うことのできない幅の狭いトンネル。それはわたしが母に会うために何千回も通った道。

そんな風景が逆向きに流れていくと、おのずと意識も後ろ髪を引かれる。遡っていく記憶を眺めていると、少しずつ母がどんな人間だったか思い浮かんでくる。

あとで恐縮しているあの葬儀屋に教えてやろうと、わたしは窓を開けて春すぎの風を浴びた。

1

わたしにとって、母は会いに行く人物だった。

平日は同居している母方の祖母と、週末は父も混じり、どちらかに抱かれて、あるいは、小さな手を引かれて西日のあたる母の部屋へ連れられていった。

あの頃はまだ建て替える前で、無計画に増築を繰り返した古い建物はとにかく入り組んでいて、母の部屋に辿りつくまで半階上がったと思えば半階下がって、小さな池のある中庭をぐるりと迂回して、とまるで迷路だった。

祖母のぶ厚い手に引っぱられながら、わたしはただ俯いて、幾何学模様のタイル、ひび割れたコンクリート、土、と変わっていく地面を眺めながら歩いた。

そうして、地面がとうとう土道から木床に入れかわると、心臓がトクトクと小さな体の中で高鳴りはじめる。

小さな田川を渡った先にある別館、そこへと繋ぐ木造の渡り廊下にさしかかると、ぎぃぎいと木床が軋む音を立てる。そして、消毒と古木の臭いが混ぜこぜになって鼻腔に届く。

　木橋の中ごろまで進むと、ちょろちょろと田川に注ぐ排水の音が聞こえてきて、その音色に耳を澄ます。そこでようやく私は母という存在を思いだして、心臓が高鳴っている理由もわかり、やにわにそわそわとしだすのだった。

　木橋を渡り終えたところで持参したマイメロのスリッパに履き替えて建物に入り、幾つかの部屋を通り過ぎて、廊下の一番奥の部屋に辿りつく。

「どうも、お邪魔します」

　いつから面会用の書類を書かなくて済むようになったのか、父と祖母はいつも近所のお宅に上がるような挨拶だけをして中に入っていく。

「あぁ、高梨さんのお母様。どうぞ」

　ナースステーションのカウンター越しに主任の吉田さんは祖母に会釈をしてから、にこりとわたしに微笑んで小さく手を振る。

　吉田さんの揺れるような優しい瞳をじっと見つめながら、わたしは祖母に手を引かれるままにナースステーション向かいの病室へと入っていった。

　大きな病室に入ってすぐの、手前の左手にデスクが一つあって、いつも替わりばんこで看護師が座って、カルテを書いていた。

部屋には五つのベッドがあった。奥には南向きの大きな窓とガラス戸があって、外には背の低い生け垣があった。直射日光はその生け垣と短い庇で遮られるが、緑の葉っぱが光の刺激を吸いとって柔らかさだけを通してくれるおかげか、部屋はいつも朗らかな明るさで溢れていた。

母はそんな病室の一番奥、窓際のベッドに入院していた。

ベッドを起こされた母はまるで自らの意志でそうしているように、いつも収まりのよい恰好で背骨をまっすぐに立てて座っていた。

「みゆきー、みおちゃん来たよぉ」

わたしはパイプいすに座らされ、あっというまにスリッパを脱がされる。

「さぁ、みお。はぁい、お母さんや」

祖母は軽々とわたしを抱きかかえて、母の膝の上にぽんと乗せる。

母は首を左に捻ってそっぽを向いていて、わずかに開いた目には黒目はなかった。上品な小粒の鼻も整えられた細い眉も何一つ動かなかった。弛んで半開きの口から声が漏れる兆しはないが、よだれが今にも垂れ落ちそうだった。腕もだらんとしていて、艶のあるショートの黒髪に光だけがゆらゆらと揺れて動いている。

わたしは母の中で固まっていた。祖母や父がわたしを膝の上に乗せるや抱きしめてきたり声をかけたりしてくる一方で、母は何もしてこなかった。

振り返ると、わずかに開いた瞼から白目だけが垣間見え、遠慮知らずの鼻息が首元へと吹きつけてくる。何よりわたしの全てを吸いこんでしまうような雰囲気があって、それがわたしを固まらせた。

しかし、母から石鹸と消毒用アルコールの混じった匂いが漂ってくると、わたしはすぐさま前日までやっていたことを思いだし、母の胸元にもたれかかる。

病衣の隙間から母の柔らかい胸元に顔をうずめると、皮膚の生温かい感触がして、そこから皮脂の芳ばしい匂いがしてくる。

それを嗅ぐと、わたしは本能的に病衣の中に顔を突っこんで、その奥に見つけだした柔らかな乳首に吸いついた。

すると、シャーッとカーテンの閉まる音がした。

「もうええかげん、乳離れしやんと」

「そうですよね。もうとっくにしてる歳やのに。どうしたらいいんでしょう。まだまだ、みおは欲しがってるし」

「昨日もお腹いっぱいにしてから来たんやけど、それでも吸いつくしねぇ」

「もたれかかると、どうしても吸っちゃうでしょう」

父はパイプいすから立ち上がってこちらを見下ろすように眺めてから、

「あぁ」

と嬉しさと残念さが混じった声を漏らす。

「なんだか、深雪が……」

「みゆきがどうか？」

「いや、ほら、いつも顔を左に捻(ね)じって、少し俯いてるじゃないですか。だから、授乳の時だけ、どうしても、その。乳を吸ってる美桜(みお)を見守ってるように見えて、ギョッとするというか……」

「わたしもね、みゆきが起きてるんちゃうかって思ったことあるわ」

「不思議です。こんなことになってるのにお乳は出続けるし」

「そやね。この子もどこかで母親になったってわかってるんやろうな」

「そうなら、なおさらお乳をとりあげるんはなぁ」

「みおの気ぃすむまで吸わせたげよか」

カーテンがわずかに開き、

「あぁ、お乳あげてはるね」

吉田さんが顔をのぞかせる。

「あのー」

「はい、なんでしょか」

「親戚さん、来られてます。えっと、関口さん」

「関ぐっさん？　なんでまた急に」

父はすっとカーテンからでていき、そこからカーテン越しに声だけが聞こえてくる。

「えらいひさしぶりやな」

「おひさしぶりです。どうも、わざわざ見舞いに来てもうて」

「いや、昨日の晩にな、ふと、みゆきちゃんの顔が思い浮かんで。そんで朝からいてもたってもおられんくなってな。そうや、これでも飲んでくれや」

「いやぁ、うちは誰もお酒飲ましませんねん」

「まぁ、料理にでも使ってくれや。それより、どや。みゆきちゃん」

「今ちょうど、美桜に母乳あげてまして。もうちょっとしたら終わるんで、顔だけでも見てやってください」

「なんや、目ぇ覚めたんか。言うてくれや」

「いえ、状態はかわらないですが、その、お乳はでるみたいで」

「ほぉん、あんな状態で」

「…ええ」

「陽平(ようへい)、わしなぁ、昨日寝る前に思いついたんやけどな。みおちゃんが物心つく前になんとかしたほうがええんちゃうか」

「なんとか、ってどういうことですか」

「お乳はでるみたいやけども。みゆきちゃん、それ以上のことはできんやろ」

「それはそうですけど」

「みおちゃん大きなったら、なんて言うんや」

「はぁ……、そう言われましても」

「今はようわかってないけど、みおちゃんもいずれわかる。母親があんな状態やったら、みおちゃんだって辛(つら)いわ。それやったら、おらんことにしたほうがええんちゃうか。離婚したことにして遠くの施設にでも入れるか、亡くなってくれるんが一番話が早いか。それやったら、おまえも再婚できるやろし、みおちゃんも、きちんとした母親いたほうが嬉しいやろ」

「関口さん……」

「みゆきちゃんもこんな姿で生きとうないやろ。頭のいい子やったから、こんなんで生きても虚(むな)しいから、はよ逝かせてって、本人もおもてるわ」

「あぁ……、何を言うてますの」

「今やったら、みおちゃんも新しい母親にすぐ懐くやろう。物心つくまで、もうたいした時間ないで。役場の受付の、中村覚えてるか。あれはどうや。前からお前のこと気に入っとるで」

すると、祖母がパイプいすを突き飛ばすように立ち上がり、カーテンからでていく。

「あんた！　うちの娘になんてこと言うんや」

やにわにカーテンの外で、いろんな人の声が騒がしく行きかう。

「心配してるだけやわい」

「酒を土産に無心しにきただけやろが」

「なんやとっ！」

どたばたといろんな足音が混じっていき、やがてその音の塊は徐々に病室から離れていった。

父と祖母がふたたびカーテンの中に戻ってきた時にはわたしはお腹がいっぱいになり、母のお腹をソファにして寝転がっていた。

父は戻ってくるなり、母をまじまじと見つめだす。

そして、首を大きく縦に振ってから、

「美桜」

父はわたしを抱き上げて、

「今日でおっぱい、おしまい」

強く見つめてきた。

当時はそれがどういう意味かまったくわからなかったが、父の厳かな声に大事な何かがとりあげられるのではないかと、「嫌や、嫌や」と耳が熱くなるほど声をあげた。

「おしまい」

それでも、父の決心した声色は変わることはなくて、「嫌や、嫌や」とわたしはますます声をあげて泣きじゃくったのだった。

これがわたしの最も古い記憶だった。たしか、そこから母の乳首には絆創膏（ばんそうこう）か何かが貼（は）られるようになって、しばらくすると母にもたれかかっても、病衣をたぐって乳首を探すことはなくなったらしい。

この橙色（だいだいいろ）の景色の中には、父がいなくて祖母が一人きりだったり、またある時には何人もの親戚が母とわたしを囲んでいたりしていた。

それだけでなく、強烈な西日が生け垣を貫通して射（さ）しこんで、そこにいる全ての顔がよく見えなかったり、あるいは、ザーザー降りの大雨で誰の話し声もはっきりと聞こえなかったり、そんな風景も混ざっていたりした。

きっと、幼児期の数年間で印象的な幾日かが混じりあってできたものに違いなかった。あるいは、父や祖母の昔話や後々通った日々の記憶も混じってできたものなのかもしれない。病院へ向かう自家用車に親戚が相乗りしている記憶もあったが、幼稚園の頃に今の家に移り住んでからはもっぱら歩いて病院に通った。小学校に上がる頃には自転車に乗って、一人で母に会いに行った。

駅のロータリーを通り過ぎ、新興団地サンプラザに入る少し手前に病院はあった。正面玄関のある、交通量の多い国道を通らないように躾(しつ)けられていたわたしは駅のロータリーから裏手の小路に入る。

小路はしばらくすると砂利道に変わり、脇(わき)に自生する菜の花が香ってくる。花粉を吸いこむと鼻がムズムズしてきて、わたしは犬のように舌をだして、口呼吸で自転車を漕(こ)いで、黄色い道を一気に抜けていく。

砂利道の左側はＪＲの敷地で、背の低いフェンス越しに線路が見えた。遥か遠くで列車の線路を揺らす音が地面を伝わって響いてくる。

乾いた音を聞いて、茶褐色の線路を眺めながら自転車を漕いでいると、すぐに病院の裏手に辿りつく。青空駐車場の一角に自転車を停めて鍵をかける。職員用通路で敷地内に入り、裏口から病院に入った。

日中でも薄暗い廊下を進み、ボイラー室とリネン室を通り過ぎ、幅の狭い階段をとんとんと上っていく。その先のスタッフ用の下駄箱から、スリッパ代わりの学校上履きを探しだす。足が成長してもう履けなくなった二年前の上履きはぼろぼろに擦りきれていて、ペンで書かれた文字も何組だったかわからないくらいぼやけていた。

上履きのかかとを踏んで、スタッフオンリーの非常ドアのノブを捻って全体重を扉にかけた。ぼわんと音がして分厚い扉が開くと、途端に消毒液の臭いがしてくる。

「あっ、みおちゃん」

ナースステーションから吉田さんが声をかけてくる。

「もう学校終わり？」

「終わったぁ」

ランドセルを肩から外しながら病室に入り、母のベッドに辿りつくとベッドにランドセルをどかっと置いた。そして、中に忍ばせていた幼稚園時代のクレパスを取りだすと、ランドセルは床へ放り投げた。

赤とピンクのクレパスを手に取り、靴を脱ぎすててベッドの上にあがりこむ。母の唇をじっと見つめてから、赤く塗っていった。

「あらま」

吉田さんが目を丸くしてベッドの横に立っていた。

「お化粧してるの？」

「そやでぇ」

吉田さんはクレパスの箱を手に取り、裏面を眺めてから、

「まぁ、幼児が食べても大丈夫なもんやしねぇ」

と呟いた。

実際、すでに母は唇に塗られた感触を食事だと勘違いして、唇のクレパスをべろべろと舐(な)めだしていた。

「あら、べろべろして」

上唇と下唇交互に舐めてクレパスを味わう母の舌は、地面に落ちたお菓子に群がる蟻(あり)のようにはしたなかった。

「もう、いやしい子」

粗相をしたとき、祖母に言われる台詞(せりふ)をわたしは母に投げつけた。吉田さんはふふっと笑うと、

「丸ごと食べさせたらあかんよ」

そう言ってから、パタパタと白いサンダルで音を鳴らして、ナースステーションへと帰っ

ていった。

頬をピンク色に瞼を青色に塗ると、わたしは満足してクレパスをランドセルにしまった。

昨日、ドラマにでている女優を観て母親に顔立ちが似ていると、祖母がしきりに呟いていたのを思いだし、母の瞼をこじ開けたり、口角をあげて微笑ませたり、あるいは眉間を指でよせて、怒っているようにした。

ふと、その表情に、昨晩父に怒られたことを思いだして、急いで微笑んだ顔にかえる。だらんとしている右腕を両手で担いで、ショートヘアをかきあげて機嫌を直す仕草をさせた。

耳元に近づいて、

「お父さん、すぐにイライラするん。おばあちゃんとうまくいってないみたい」

と母に告げ口する。

「おばあちゃんは浮橋の団地に住んでる子とは遊んだらあかんっていうし」

「あとね、お父さん。最近な、毎晩ビール飲むようになってん。わたしには日曜しかジュース飲んだらあかんて言うてるくせに」

といった風に日常の不満を洗いざらい告げると、

〝大人なのに、ずるくて弱い。そんな時、我慢するのはいつも子供なのよ〟

と母から声が返ってくる気がする。なんのことはない、それは昨日ドラマで女優が言っていたセリフなのだった。

　乾いて冷たい人形と違って、母の肉体には紛れもなく血が通っていて、普通の人間と同じだった。そのおかげで、時々こういった声が聞こえた気がした。人形遊びだと、時に話しかけることに虚しさを覚えたりしたが、生身の人形ではそんな気持ちにならなかった。

　言ってほしかった言葉が聞こえると、母の右腕を担いで、わたしの肩を抱かせる。頭を母の首元に擦（こす）りつけているうちに、

「お父さんとおばあちゃんはなんで仲良くできないん？」

　と自然とぽろぽろ涙が溢れてくる。

　すーっとカーテンが閉まる音がして、カーテンの端を握る吉田さんの手だけが見えた。そこからはたいてい、わたしは肩を震わせて泣いた。そして、最後に母のすっと伸びた指で涙を拭（ぬぐ）わせると、いつも気持ちがすっきりした。

　そうやってわたしは母をいいように使った。母が大好きだった。ここまで思い通りにさせてくれる人間は、わたしの周りに大人も子供も含めて誰一人いなかった。どんな話も遮らずに最後まで聞いてくれた。

　閉じられたままの目も素敵だった。黒目がちなつぶらな瞳や知的でミステリアスな三白眼。目を瞑（つむ）っている限り、母はどんな瞳にもなれた。

どんな役を演じさせてもすぐに役柄が剝がれ落ちてしまうところも好きだった。父から母は歌が上手い人だったと聞いては、声優になりたいと言って東京にでていった、仲の良かった隣家のお姉さんを重ね合わせたりした。

そして、歌手役に飽きた頃には、母もすでにいつもの空っぽの母に戻っているのだった。どんなものも母に染みつくことはなかった。じゅうぶん反省しているのに怒ってくる父や、いつまでも慰めてくる祖母、はしゃぎ終わったのにいつまでも興奮する友達とは違っていた。他の子供となんら変わらず育ったわたしも、こと母に関しては何か悟ったようなところがあって、時々周囲の大人をはっとさせたりした。

それは配属されたばかりの看護師が食事介助についた時だった。

「あぁ、まだ嚙んじゃだめぇ。スプーン入ってるから」

母はカツカツとスプーンごと嚙みだし、慌てて佐藤さんはスプーンを口から引っこ抜く。その悪戦苦闘する姿をわたしはニマニマしながら見守る。

「歯ぁ、かけてないよね」

佐藤さんは母の口をのぞきこむ。

「大丈夫。ママ、歯ぁ強いから」

わたしは両脚を強く振って、パイプいすを前後に揺らした。すると、母はくちゃくちゃと咀嚼（そしゃく）していた顎（あご）をピタリと止める。

それから、不意にむっとした表情になった。

「危ない」

わたしが声をだすと同時に、母はプッと米粒混じりの唾液（だえき）を佐藤さんに吐きかけた。

「わぁっ」

佐藤さんは目を瞑って、顔を手で拭う。わたしはおかしくて、けらけらと笑ってから枕元のティッシュを取って佐藤さんに手渡した。

「あんなぁ、こうすんねんで。スプーン貸して」

わたしは手を差しだした。

「みおちゃん、できるの？」

佐藤さんが困った顔で後ろを振り向くと、

「大丈夫よ。みおちゃん、上手やもんね」

後ろのベッドで吉田さんはお婆（ばあ）の口にスプーンを運びながら答えた。

病室には母の他に四人の人間が入院していた。四人はみんな白髪が混じった高齢だった。

先週から点滴に繋がれた一人をのぞいて、残り三人も目を瞑ったまま、むしゃむしゃと口を動かしている。

「みおちゃん、教えて」

佐藤さんからスプーンを受け取ると、

「ママ、ごはんと一緒が好きなん」

わたしはスプーンの後ろ半分に白米をよそい、

「ごはんだけあげたら、むせるんよ」

前半分に八宝菜をよそう。大きなスプーンに短冊切りの人参、斜め薄切りの葱、乱切りのピーマンをのせていった。

そして、スイッチでも押すように、スプーンの先端を母の上唇に触れさせる。すると母は白目を剝いたままパカッと口を開けた。

「あとなぁ、ママなぁ、嚙みだすん早いから」

スプーンを中に入れると、すぐに上の前歯の裏に白米と八宝菜を引っかけて口の中に落とし、スプーンを引き抜いた。

「ほらぁ」

もぐもぐと咀嚼をする母にわたしは得意げに声をあげる。

「人数足らん時は、いつもわたしが食べさしてあげてるん」

「みおちゃん、すごいねぇ」

母はある程度嚙むと、まるでタイミングがわかったようにゴクッと飲みくだした。そして、唇をもごもごと動かして催促しだす。

「はい、やってみて」

わたしはスプーンを佐藤さんに渡し、

「ママだけちゃうよ。みんなに食べさしたことあるねんから」

ベッドに立って周りを見渡した。

斜向かいのお婆はすぐに飲みこんでむせてしまうため、食事はミキサーにかけられた流動食だった。スプーンでコンクリみたいな流動食をいれると、そのままごくごくと飲むのだ。その隣のお婆は歯が一本もなく、食事の時だけ入れ歯を使う。この中で一番よく嚙んで食べるタイプで、硬いものも粉々になるまで嚙み続ける。廊下側のお爺は少量ずつしか飲みこめないため、スプーンも小ぶりのものを使った。少量を口に含むと、それを口の中でむにょむにょと唾液とこねてから、するりと嚥下する。

母などは嚙み応えのあるぶつ切りのほうが合っているらしく、流動食にするとかえってむせてしまった。

普段ベッドの上でほとんど動きのない五人の人間は、まるで名画の中の人物みたいだった。芸術家によって、生きながらも病室の一コマに固定された五人、そんな人々が食事の時間だけは魔法が解けたように動きだしていた。

みんな、顎だけを熱心に動かしている。むしゃむしゃというせわしない咀嚼音と、定期的にゴクンと響く嚥下音。

それに耳を傾けながら、自分も唾を飲みこんでみた。体の中に自分の喉の動く音がたしかに聞こえてくる。

わたしはベッドの上でくるりと一回転して、その場に座りこんだ。そして、咀嚼する母を見つめた。母がごくんと飲みこむと、細い首の真ん中が上下に動いた。

食事が終わると、そこから病室は一転して静かになった。昼膳と共に病室から看護師たちが去っていくと、そこから動くのはわたしだけになる。ランドセルを床から引っぱって開けた。中にはかつて祖母に読んでもらった絵本が入っていた。

妹が欲しかったわたしはちょうど前日、父に妹をおねだりしていた。父はいろんな理由をつけて断り続け、最後に母を言い訳に断った。

わたしはすかさず反論した。

「パパ、知らんの？　ママ、毎月生理来てるんやで。だから、妹産ませれるよ」

すると、父は目を見開いてから悲しそうな瞳をした後、わたしを強く叱りつけたのだった。

そうして妹は絶望的だと悟ったわたしは、前日の夜、母を妹がわりにしようと寝る前に絵本をランドセルに入れたのだ。

お気に入りの絵本をランドセルから取りだし、ベッドの中に一緒に入る。

「あら、みおちゃん、わたしも聞いていい？」

食事の介助が終わって一息ついた佐藤さんが寄り添ってきた。

「わたしが一番お姉さんでママが妹やから、その下でいい？」

「はーい」

自分の絵本読みとしての価値があがった気分がして、機嫌よく絵本を自慢げに読み聞かせていく。

中盤まできたところで、物語の腰を折るように斜め前のお婆が口を開けた。顎が外れそうなくらい大口を開けて、ゆっくり大きな息を吐きだす。

すると、それにつられて、

「ふぁあぁー」

母も気持ちよさそうに大きな欠伸（あくび）をして、目頭に涙を溜（た）めた。

「もう眠たいん？」

わたしは微笑んでから、佐藤さんに見せつけるように、

「じゃあ、今日はここまで。おやすみなさい」

と母の頭を撫でつけた。

「みおちゃんのお母さん、髪の毛、艶々してるね」

佐藤さんは母の髪をうっとりと見つめる。

「撫でてもいいよ」

「ほんまに？」

佐藤さんは母の髪を撫でながら、

「さらさらやわぁ」

ますます目を潤ませていく。

「眠れる美女やね」

ディズニー映画『眠れる森の美女』でヒロインの目が覚めるシーンでいつも冷めてしまうわたしはその一言にここぞとばかりに、

「違うで」

高々と反論をはじめた。

「ママな、植物人間やねんで」

それは親戚や医者などが父や祖母がいない時に使っていた言葉の一つだった。

植物人間。ヴェジ。脳がアポってる。

そういった大人たちが廊下でこっそり使う言葉は禁断的で、その分、真実めいた響きがあった。

「だから、これでも起きてるんやで」

父や祖母の前では使えない言葉を披露する絶好の機会だと、

「人間としては死んでるようなもんやねんで。息してるだけ。何の意味もなく生きてるだけやねんで」

と聞いたことのある言葉を並べていった。

「でも子供は産めんねん。わたし、妹産ませたいん」

「えっ」

「みおの時みたいにやってくれたらなぁ」

「みおちゃんの時？」

「そうやで、ママは生まれつきの植物人間やねん。パパは植物人間と結婚して、わたしが生まれたんよ」

わたしは母の下腹部を指先で突（つつ）いた。

「あとはパパがその気になるだけやねんけどなぁ」

すると、吉田さんが颯爽（さっそう）と現れて、

「みおちゃん、今日はおしまい」

強張った顔の佐藤さんを連れていってしまった。母と二人残されたわたしはなんだか途端につまらなくなって、絵本を足元へ投げ捨てた。

ベッドを降りて、わたしは周囲を見渡した。白髪頭の人間たちはまるで蠟(ろう)人形のように動かない。全員が植物状態だが、微妙にそれぞれ違っていた。

母のだらんとした腕と違って、彼らの腕には常に力が籠(こも)っていた。斜向かいのお婆は両腕をつっかえ棒のようにぴんと張っていて、猫背気味な母と違って、首をいつも反らせている。一方、隣のお爺はいつも何かを抱えこむように両腕を曲げていた。気管切開されていて、首の真ん中あたりにぽっかりとした穴が開いていた。口からではなく、首の穴からフーフーと呼吸している。

また若い母と違って、彼らには見舞いに来る人は一人もいなかった。歳から考えて両親は他界しているに違いなく、子供もいないようだった。母ですら、祖母と父とわたしをのぞくと、祖母の兄が数回見舞いに来たくらいだった。

記憶の中にたびたび顔をだす他の親戚ら、たとえば祖母の裾(すそ)を引っぱって廊下の隅で話しこむ中年女性や、母の顔を見つめる中学生くらいの女の子、あるいは駐車場に父を連れだして顔を真っ赤にして話す初老の男性なども、この頃には誰一人として病室を訪れることはなかった。

よって、病室はわたしの庭だった。

隣のベッドに足をかけ、ベッド柵を握って上に飛び乗った。投げだされたお爺の太腿に跨って、皺だらけの顔に対面する。

他と違って、首呼吸のお爺は起きている時は瞼をだいたい開けていた。そして、左右の目を別々にきょろきょろと動かし続ける。

わたしは人差し指と中指で両目を突く素振りをしたが、お爺は何の反応もしない。

「怖いこと考えてるん？」

お爺は難解な哲学に懊悩しているかのように眉間に皺がよっていて、首筋も力強く強張っている。胸に拳を押しつけるくらいに両腕を曲げていて不安そうに見えた。

つい最近まで母と変わらなく穏やかだった様相はすっかりなくなって、岩石のように険しい様相に変わっていた。今ではスプーンを唇に当てても口を強く閉じたままで、食事はできなくなっていて、この数週間ずっと点滴に繋がれていた。

気管切開された喉の穴から、フ――ッと力強い息が吐かれていた。穴が塞がらないようにはめこまれているプラスチック製の管をのぞきこむ。中は真っ暗でそこから力強い息が噴きでてきて、前髪が揺れる。

その吐息が膿臭くて鼻を摘まんで、わたしは立ち上がった。ベッド柵を左手で握りながら、右手を吸引器に伸ばした。

スイッチをつけると、シューッと、空気の流れる音がして、

「優しくやってね」

すぐに後ろのデスクに座る吉田さんの声が背中から聞こえてくる。

「はーい」

大きな声で返事してから、吸引器のチューブを喉の穴に突っこんだ。ガラガラと音を立てて、チューブは白い痰を吸いこんでいく。それから穴の下にもチューブをやって、絡みつく粘液を吸っていった。

「痰たまってた」

満足げに振り返ると、

「上手にやってくれて、ありがと」

吉田さんはデスクから顔を上げて微笑んだ。

わたしは吸引器のスイッチを切ると、お爺の太腿の上に戻った。お爺の喉の穴から、フーフーと息が当たってくる。痰がとれて勢いが増した息。臭いもなくなっている。食後のお爺やお婆の息は食べ物の匂いがしたが、首呼吸のお爺の息は食べ物の匂いがしなかった。先生

にきくと、喉で食道と合流する前に首から息がでるからだと言っていた。

つまり、この生温かくて蒼く澄んだ息は肺の匂いそのものらしい、と暗い穴を凝視する。洞窟のような謎めいた吐息は肺そのものの匂いだとすると、やはり肺を直接触りたくなってくる。

首だけをこっそりと捻じって、横目で後ろを確認すると、吉田さんはデスクの上で書き物をしていた。首をデスクに俯かせて熱心にペンを走らせている。それを確認すると、わたしはそうっと穴へと人差し指を伸ばした。

管の中に人差し指をいれていく。管は直角に曲がって下へと続いており、それに沿って指を曲げていく。すると、かつかつと硬いプラスチックの感触から、温かく弾力的なものに変わった。

蛇腹のような節立ちがあり、これは先生が言っていた気管支で、これが二股に分かれた先に肺がある。ぐいぐいと手を喉に押し当てて、指を奥へと進める。人差し指の第一関節が生々しい感触に包まれると、喉に指を嚙まれるような予感がして肩を竦める。次の瞬間、フ――と温かい息が流れてきて、爪の隙間がくすぐったくなった。

ふふふと下っ腹を揺らしていると、

「みおちゃーん」

とたしなめる吉田さんの声がする。

「はーい」

手をサッと引いて、わたしは湿った指先を見つめた。湿り気が乾いていくと同時に、指の腹に残るお爺の喉の感触も消えていった。

にやにやとお爺を眺めていると、お爺の呼吸が咳をするみたいに短く小刻みになっていく。

「どうしたん？」

お爺の瞳が上瞼と下瞼の間でピンボールみたいに跳ねている。唇をめくると褐色の歯茎に血が滲んでいる。食いしばりすぎてか、歯のところどころに縦のひびが入っていた。

「さぁ、力抜いて。ゆっくり、ふぅー、ふぅー、って呼吸するんよ」

口を尖らせて、息をゆっくり唇に吹きつける。

「ふぅー、ふぅーって」

すると、今まで以上に頬の筋が際立って、
カツッ
甲高い音が病室に響いた。

「割れたぁ」

お爺は頬だけでなく、全身を強張らせて、ガタガタと揺れだす。

「吉田さぁーん」

振り向いて声をあげると、吉田さんはデスクから立ち上がって、

「発作やわ。先生呼ばな」

病室を飛びでて廊下を駆けていった。すぐにパタパタと慌ただしい足音たちが近づいて来る。吉田さんの元気な足音に混じって、パタリパタリと離れの悪い、疲れた足音が混じっている。

「ほんまやな」

遠藤先生は一日働いた後のようなくたびれた声をだして、パイプいすにふぅと腰をかける。明らかに若い顔をしているのに、目は眠そうに垂れている。

「先生、１アンプル？」

「半分でいいよ」

吉田さんが注射器で薬を吸い上げる傍らで、先生はベッド柵に腕を置いて頬杖(ほおづえ)をつく。

「はい、お願いします」

「あいよ」

先生は吉田さんから注射器を受け取ると、立ち上がって点滴に繋いで薬を注入していく。

「はぁ。五日前も起こしたばっかかやで」

先生は薬を注入しきって一息つくと、パイプいすにふたたび座りこむ。

「とまったぁ」

「おっ、効いてきたか」

「あっ、手ぇも」

震えが止まると同時に、普段からぎゅっと曲がっている腕からも力が抜けて胸から腹へと拳がおりてくる。

わたしはお爺の手を恐る恐る突いてみた。いつものガチッとした感触はなかった。握りしめられた拳も心なしか少し弛んでいるような気がした。

「みおちゃん、てんかん治ったら、お爺ちゃん、ぱっと目ぇ覚めたりして」

「目ぇ、さめる?」

「そう、目ぇ覚まして。こんにちは、みおちゃんって」

先生はニタニタしながら注射器を点滴から抜きとる。

「先生、何を言うてるんですか」

吉田さんは注射器を受け取りながら顔をしかめた。

「冗談や、冗談」

吉田さんは諌(いさ)めるような吐息を鼻からふーんと吐いて、

「家族の前で言えんことは、冗談でも口にださんといてくださいな」

注射器の針を捻じ曲げて、手持ちのビニール袋に捨てた。

わたしは二人がやり取りを終えるや、

「先生、おじい寝てないよ。これで起きてるんちゃうの？」

お爺を指差して先生をまじまじ見た。すると、先生は吉田さんと目を合わせて首を振る。

「みおちゃんは偉い子やなぁ。そうや、これで起きてるんや」

褒められて得意げになって、今度は先生の袖を引っぱって、

「虫歯が痛いから、震えるんちゃう」

とお爺の口を指差す。

「うーん、そういうわけじゃないねんなぁ。てんかんやから、脳が悪いねん」

「あっ、そうや」

吉田さんは透明な手袋をつけて、お爺の唇をめくる。

「やっぱり、歯ぁかけてるわ」

吉田さんは唇と歯茎の間に指を突っこんで欠けた歯をすくいだした。先生は吉田さんの掌で歯を転がした。

「あっ、歯の裏側、虫歯なってるわ」

「ほらぁ、みおのいうとおり！」

「ほんまやな。だから、もろなってんな」

「虫歯痛い痛いって震えてるんや」

わたしが誇らしく先生を見つめると、先生は困った顔で吉田さんを見つめる。

「どうしよかな。顎、拘縮して口開かんから、歯の裏側みがかれへんし。歯全部抜いたほうがいいんかなぁ。でもなぁ」

「さすがにそれは」

「虫歯の菌、血管入ったらまずいやろ」

「真っ黒なやつだけにしてください。歯ぁ、捨てていいですか」

「みおちゃん、虫歯いる？」

「欲しい、欲しい。虫歯んとこ削りたい」

「だめ。それより、先生。先に右手の中指の爪、抜いてください」

吉田さんは歯を持って、ナースステーションに帰っていく。

「せや、爪抜かな」

先生はお爺のゲンコツを引っぱって、自分の掌に乗せて観察をはじめた。一通り観察すると、先生はため息を吐き、

「ゆっくりしようと思って、ここに異動してきたのになぁ」

無気力に天井を見上げた。

わたしはお爺の握られたゲンコツに顔を近づけた。親指は四本の握られた指を抑えつけるように強く押しつけられていた。あまりに強く抑えつけすぎて、四本の指に親指が骨ごと減りこんでいる。両手で四本の指から親指を剝がそうとしたが、びくともしない。

「みおちゃん、それ無理やねん」

指にはまったく力が籠っていないのに全く動かなかった。指はその形のままで固定されていた。

「くやしい」

「わかる、おれも剝がしたくなったけどな」

「無理なん？」

「もう何十年と握りしめ続けてるからな。もう腱とかが縮みきってしまってるねん。骨もめりこんで、はまってもうてるからな。ほっておこ。それより爪抜かんとな」

四本の指の爪はほとんど綺麗に切られていたが、中指だけ具合の悪い角度のため、爪がうまく切れないままになっていた。中指の爪はタケノコみたいに遠慮なく伸びて皮膚を破っていた。切り裂かれた皮膚は赤黒く変色している。

「膿(う)みはじめてるやろぉ。弛んでるうちに抜いてまいたいなぁ。でも、時間ないか。午後の回診終わってから抜こかな」

「なんでみんな握りしめんの？」

お爺だけではなかった。母以外のみんなが常に手を握りしめていた。

「なんでやろなぁ。専門じゃないからわからんけど」

先生は首を傾(かし)げてから、

「なんかに耐えてんのとちゃう？」

天井を見上げた。

「我慢することなんて何もないやん。宿題もお片付けも何もせんでいいのに」

「そやなぁ……」

首を右に左に交互に傾げては、

「ただ生きるってことに耐えてるんとちゃう？」

目をぼんやりとさせて呟く。

「ふーん」

お爺はきょろきょろしていた両目を先生に向ける。先生は視線に気がつくと、いつも半開きのだらしない口をむっと縛って、お爺を見つめ返した。数秒ほど見つめ合ってから、お爺はふたたび目をきょろきょろと動かしはじめた。

先生は止めていた息をふぁーと吐きだすと、

「目は覚めてるけど、なんもわからへん。ってどういうことなんやろなぁ」

と気の抜けた声を漏らした。

それからお爺を眺めながら、

「はぁあ。爪を抜いたり、褥瘡(じょくそう)治したり。休むひまないわ」

パイプいすから立ち上がり、

「みおちゃん、ありがと。またなんかあったら、教えてな〜」

ポケットに手を突っこみ、ぶらぶらと散歩でもするように先生は病室から去っていった。

わたしは首呼吸のお爺のベッドから飛び降り、逆側に歩いていって、ガラス戸を開けて外へでた。生け垣と建物の間を歩いていくと、隣の部屋が見える。ガラス戸は半開きで、そこから中に入ると、六人の患者が寝ていた。

先生や吉田さんがいうには、ここの部屋はもう弱りきってしまった人たちが来る場所らしく、目を瞑っていても母たちとは違って、座ることもなく、食べることもなかった。そして、この病室の人間は一か月もしないうちにいなくなって、また似たような人間が入ってきた。どの人からも他の病室では嗅ぐことのない臭いがしてきて、長くはいられない部屋だった。

わたしはベッドサイドから手を伸ばして、寝ている人たちの唇に触れていったが、誰も口をパカッと開けたり、舌をべろべろとだすことはなかった。点滴は繋がれていたが、歯を食いしばっているわけでもなく、魂が抜けそうな半開きの口をしていて、手なども力なく開かれていた。

無反応な人間は面白くなくて、わたしはふたたびガラス戸から外にでた。すると、隣の部屋のガラス戸の隙間から小刻みに痙攣する右手が見えた。

近づくと、

「みおちゃーん」

部屋に入る手前から大きな声が聞こえてくる。押しだすような声色にわたしは身が竦んで、体の中の風船が萎んでいく感触がした。

窓側のベッドでは田中のおばちゃんが震えながら右手をあげて、手招きしている。

「お昼のゼリー、とっといたで」

声も痙攣して震えている。田中のおばちゃんは右手首を左手で押さえて痙攣をピタリと止めると、右手でゼリーを摑んで渡してくれた。わたしはゼリーを受け取ると、さっそく頰に擦りつけた。冷たい感触がして、嬉しい気持ちが胸に溢れてくる。

急いで母のもとに帰ろうとした時、

「みおちゃん、田らかさんにありがろうって言っら？」

つい最近隣のベッドに入ったばかりの左半身しか動かないお爺が呂律の回っていない声で話しかけてくる。

「山岸さん、ええのん。この子喋られへんねん」

「そうかぁ」

わたしはうやうやしく田中さんに会釈して病室をでると、廊下を跳ねながら一番奥の病室に戻った。

しんとした病室に戻ると、わたしの中の風船はふたたび大きく膨らんでいった。そして、廊下側のベッドに近づく。いつも食事の時だけ入れ歯をするお婆はちょこんと座っていて、わたしはその吐息に耳を澄ました。

「よし！」

起きている時の呼吸だとわかると、ゼリーを開けてスプーンですくう。食事が終わったお婆は入れ歯を外されていて、閉じられた上下の唇の間にスプーンをいれると、何にもぶつからず、するっと奥まで入る。お婆は口をごにょごにょさせてから、ゴクンと美味しそうに飲みこんだ。

ゼリーをもうひとすくいして、反対のベッドへと歩いていく。向かいのお爺は痩せぎすながらも、顎をすっと引いて座っている。竹のように無駄なものが削ぎ落とされていて、修行僧のようだ。唇にゼリーをつけるも、お爺は口を開かなかった。耳を澄ますと寝ている呼吸をしていて、しょうがなく踵を返して太鼓腹のお婆に向かう。

お婆は張りのある大きなお腹を突きだして座っていた。母は背中にクッションを置かないと後ろに倒れこんでしまうし、入れ歯のお婆などは背中と左右にクッションを置かないとうまく座っていられないが、太鼓腹のお婆は抜群に座りがよくて、何もなしで安定する。清拭でここにいる全員の体を拭いたことがあったが、たいがいは猫背の背骨をしているなか、太鼓腹のお婆の背骨は歪みも捻じれもしていなかった。

丸々と突きでたお腹は感触が良くて、母が肺炎を起こして寝こんでいる時などは、太鼓腹のお婆のお腹を拝借してお昼寝したりした。

お婆はゼリーを飲みこむと、催促するように舌を唇の間で左右に振る。もう一口あげようとしたが、母の分がなくなってしまうから、わたしは太鼓腹を撫でて、お婆の食欲をなだめた。

最後に母のベッドに飛び乗って、ゼリーをスプーンですくった。母の口にスプーンをもっていく途中で、

「くしゅん」

母はくしゃみをした。

垂れた鼻水をティッシュで拭こうとした時、斜め向かいの太鼓腹のお婆が、

「くしゅん」

とくしゃみをする。わたしはなんだか嬉しくなって、自分もくしゅんとくしゃみするふりをした。

ベッドから飛び降りて、部屋の片隅まで歩いた。振り返って、そこから五人の人間がただただベッドに座っているのを眺める。

すると、全員がまるでベッドから生えた植物みたいに見えてくる。

入れ歯のお婆はなんでも丸呑み(まるの)するウツボカズラ、太鼓腹のお婆は胴体の太いココスヤシ、修行僧のお爺は高く伸びる孟宗竹(もうそうだけ)、首呼吸のお爺は割れた樹肌をした黒松。

じゃあ、母はなんの植物だろうかと思いめぐらせる。わたしの母親だから、母は桜。花を咲かせたばかりの若い桜。そんなことを考えていると、自分もまた植物になったような心地がしてくるのだった。

次の日の夕方、わたしが病室を訪れた時には、隣のお爺のベッドにはたくさんの点滴が吊(つ)り下げられていた。前日の夜、虫歯の菌か、あるいは掌のばい菌かが心臓に飛んだらしく、お爺は高熱をだしていた。

普段、目は開けていても声をだすことのないお爺が、うぅ、うぅ、と高熱にうなされて何度も喘いだ。

見ていられなくて顔を背けると、窓の外では日が暮れはじめていた。延びはじめた陽脚を生け垣が一身にひきうけていた。葉の一枚一枚に夕暮れの橙色を溜めこんで、生け垣は静かに燃えているようだった。

そんな風景を見つめながら、お爺の呻き声を聞くと、自分の胸もしとしとと燃えはじめて、わたしは火照った顔を母の胸元に押しつけずにいられなかった。

それからしばらくして、お爺は朝方に亡くなった。その日からそのベッドが人間で埋まるまでおよそ一年の間、空っぽのままだった。わたしは空のベッドに荷物を置いたりして、先生も時おり看護師の目を盗んでは空いたベッドに転がりこんで、カーテンを閉めるなり、わたしのランドセルを枕に昼寝したりしていた。

ベッドが埋まったのは天気の良い昼下がりだった。その日も、先生はお昼過ぎに空きベッドを訪れると、カーテンを引いて中にこもった。

わたしがカーテンの下を潜って侵入すると、先生は寝転んで大きな欠伸をしているところだった。

「おぉ、みおちゃん。ちょっとランドセル借りるで」

「隣の部屋のベッドも空いてたで」

「隣は嫌や」

「なんで？」

「みんな、弱ってるやん。そんなところで寝られへんわ」

「じゃあ、その隣は？」

「あそこはうるさいやんか。みんな、ずっと喋ってるし。なに喋ってるか、よくわからんし」

先生はランドセルを抱きしめて、気持ちよさそうに顔を革に擦りつける。

「ここが一番熟睡できるわ。みんな元気で、静かやし。まぁ、手間はなにかとかかる人らやけども」

「先生の部屋は？」

「当直室？　あぁ、当直室も静かやで。一人で寝れるしなぁ。でも、電話がついてて、呼びだしで鳴ったらうるさいねん。それに、なんかここのほうが目覚めがいいんよ」

「ふーん。あっ、白髪みっけ」

「せやねん。みおちゃん、おれまだ三十一やのに、白髪いっぱいやねん。ほら、見て」

先生が横の髪をかきあげると、下から白髪がいっぱいでてくる。

「ここのおじいと一緒やね」

「おれも爺ちゃん婆ちゃんみたいに、ずっとこうしてたいわ」

「ここに入院したら」

「それな。でも、このベッドも今日で埋まるねん。ここの患者は長いからな。一回埋まったら、今度空くのはいつになるかわからん。だからこれから寝納めするんや」

そう言うと、先生は顔を向こうへやってしまった。

わたしも母のベッドに戻って母のひざ枕で横になった。誰一人話さず、動かない病室は静かで、時おり廊下から看護師のサンダルが踵を打つ音がハタハタと小気味よく響いてきて、うとうとしだしていた。

甘い眠気を感じるとすぐにカーテンを引き、母にもたれかかる。母のゆっくりとした呼吸を聴いていると、自分もまた体の余分な力が抜けてすぐに微睡みに入る。

すると、先ほどまで起きていた他のベッドの三人も、起きている呼吸から寝息に変わりはじめる。三人の寝息はくっきりと聞こえてきて、太鼓腹のお婆のものはゆっくり大きく、修行僧のお爺のものは細く長い。力強い息と弱々しい息を交互に吐いているのは入れ歯のお婆のものだなと自然とわかってくる。

そこに微かに混じっていたのは先生の寝息だった。隣のベッドで寝ているにもかかわらず、寝息は小さかった。疲れ切って息をするのもしんどいといった浅く弱い呼吸。それに比べて、呼吸の専門家の三人は伸びやかだった。耳を澄ましていると、次第に先生の呼吸もお爺やお婆の呼吸に引っぱられるように深く長く、伸びやかになってくる。

四つの呼吸は重なり連なって、一人が唾液をゴクンと飲みくだすと向かいも隣も追いかけるように飲みくだす。

わたしは心地よい四重奏に気持ちを委ねて、指揮者の気持ちで顔をすりすりと母の太腿にこすりつけた。自分の寝息も聞こえてきて、その寝息に耳を澄ました。それはこの病室で一番力強く、長く、深いものだった。

満たされた気持ちになった時、その寝息は自分と母の呼吸がぴったり重なって一つになって聞こえたものだと気がついた。すると、幸せな気持ちになって、力が体のどこからも抜けていく。

そこにゴロゴロという新たな音が遠くから混じってきた。

普段、ベッドのキャスターの転がる音はすぐに他の病室へと消えていった。しかし、音は止むことはなく、むしろ大きくなってくる。微睡みながら聞き流していたものの、遠慮することなく大きくなるキャスター音に五人の呼吸は埋もれていき、わたしは目を覚ました。

母の膝に頭を擦りつけてから、ぼんやり天井を見つめて耳を傾けた。聞き覚えのない、高音のハキハキとした声も並走していた。それはここにはない種類の声で、ゆったりとしたこの看護師たちの声とは明らかに違っていて、希望のある声だった。

まとわりつく眠気で体を起こす力が湧かなかったが、そのベッド周りの音が母の隣に来た時、むっくりと首があがった。周りに引かれたカーテンを見渡すと、右側の白い布地に見慣れぬずんぐりとした影が揺れていた。そこから、幾つかのベッドが動きだし、滅多に行われない模様替えが始まった。

わたしは床にしゃがんで、カーテンを捲(まく)って自分の首にかけた。スニーカー、太い足首、筋肉質なふくらはぎが見えた。

正面を見上げると、先生が髪に寝癖をつけたままベッドサイドに立っていた。

「入院時の検査では異常は何もなかったので。あとはこちらでゆっくりと過ごしていただく、ということになります」

それだけ言うと、すごすごと病室からでていった。

「あら、こんにちは。おいくつ？」

横を見上げると、三十代くらいの少し太った人物が腰を屈(かが)めて見おろしてくる。見開かれた目には派手なアイシャドウ、めくれた大きなたらこ唇、がっしりとした太い鼻、エラが張って真四角の輪郭。迫りくる顔面にわたしはおもわずカーテンの奥へと引っこんだ。

「あらら」

さっぱりとした声でそう言うと、カーテンの下で足首を返し、

「さぁ、あっ君。右向きましょ」

と通りのいい声がカーテン越しに響く。わたしは母のベッドをぐるりと回って、カーテンの切れ目をそっと開いた。そして、おずおずと向かいのベッドに向かって、顔だけだした。ベッドに座っていたのは小学生くらいの男の子だった。わたしはするすると近づいていった。ベッドの右側で少年を抱きかかえている先ほどの大人は赤と黄色の原色Tシャツを重ね着していた。

わたしはその反対側に回りこんだ。少年のつやつやした唇はすとんと上品に閉じていて、すーっ、すーっ、ゆるやかな鼻息が聞こえてくる。髪はさらさらとしていて、光を乱反射していた。この部屋にいるお爺やお婆とは何かが違っていた。

「眠ってる?」

ここにいるお爺やお婆が眠っていると思ったことはなかったが、この少年はまさに眠っているようだった。

「そうよ、眠ってるのよ。あつひさっていうの。お嬢ちゃん、お名前は?」

この病室にはふさわしくない声色だった。エネルギーに充(み)ちた声とアーモンドみたいな目

にぎょっとして固まっていると、

「みさきさん。お向かいの高梨さんの娘さん、みおちゃんです」

とベッドの枕もとで名札を貼っていた吉田さんが答えた。

「こんにちは、みおちゃん。みぃさんって呼んでね」

みさきという名前と大きな顔面はどうやっても繋がらなかったが、みぃさんと聞くと親しみが湧いてくる。

「みおちゃん、何年生？」

「ご、五年生」

「じゃあ、あっ君と一つ違いやねぇ。あっ君、こんにちはって。お向かいから、かわいいおねぇさんが挨拶に来たよ」

あっ君の髪を撫でて微笑む。

「こんにちは」

わたしはあっ君に声をかけてみた。思ったより大きな声がでて、気持ちよく眠っているあっ君を起こしてしまうのではと申し訳ないような気持ちがこみあげる。

あっ君はふっくらとしたほっぺたに口角を軽くあげたままだった。明らかに利発そうな寝顔は家の近くの地蔵にそっくりだった。見れば見るほど、頭を撫でると頭が良くなると言われている地蔵に瓜二つで、見つめているうちに自然と丸い頭に手が伸びる。

「あぁ、あっ君、よかったねぇ。よしよしって」

みぃさんは大きな目をブーメランみたいに曲げて微笑む。

「みおちゃん、またあっ君の相手してあげてね」

そう言って、あっ君の腰を抱きかかえてベッドに着地させると、うまく積み上げられた積み木のようにあっ君の背骨はしゃんと伸びて立った。

わたしはカーテンをくぐって、母のもとに帰った。母にもたれかかると途端に心臓がどきどきしてきて、小汗が鼻に滲んできた。

翌日からみぃさんはわたしと同じように毎日病室にお見舞いに来た。みぃさんのそれはとても献身的で、お見舞いというより介助に近かった。座る角度だったり、爪を切る深さだったり、いろいろとこだわりがあるらしく、看護師や介護士のやることがなくなるくらいだった。献立を見て気に食わない日は弁当を持参してやってきた。

教養があるみぃさんはよくベッドテーブルで勉強を教えてくれた。わたしがあっ君のベッドテーブルで宿題を解いている時、みぃさんはあっ君の手を揉んでいた。いつかあっ君の目が覚めた時に、手が縮こまって使えなくなるのを防ぐためだった。

自宅から持ちこんだ猫脚の青いいすに座って、軽く握られた掌から指の先へと伸ばしていく。すると、すぐに擦られた掌がピンク色に染まっていって、今にもあっ君は起きだしそうな気がして、わたしは宿題をしている手を止めては、ちらちらとあっ君の顔をみてしまうのだった。

みぃさんとあっ君がきて、数週間くらい経ったある日。

病室を訪れると、母のベッドにはすでにカーテンが引かれていた。中から話し声が聞こえ、カーテンの下から何人もの足だけが見えている。

わたしは屈みこんで、カーテンをくぐった。五人の医学生と思われる若い人たちと吉田さん、遠藤先生、そして、黒髪の脂ぎった男性教授がベッドを囲んでいた。

学生の一人はカルテを持って、

「……瞳孔……意識レベルは……」

はきはきと読み上げていく。

「……意識レベルは何点かな」

教授が遮って質問すると、医学生は黙りこんで、助けを求めるようにちらっと遠藤先生を見やる。

「7点ですね」

先生がぼそりと一言呟くと、教授は頷いて、また医学生は読み上げをはじめる。そういったことを繰り返した後、今度は教授が一人で話しはじめた。

「うん。そうだね。この人は脳出血で大脳全部ダメになっちゃったけど、脳幹はまったくの無傷。つまり、」

教授が母の右手の甲をつねった。すると母はさっと手を引いて逃れた。

「だから、こういった生理的な反射は起こる。他にも、例えば胸骨」

教授は母の胸の前面に拳をおろし、服の上から強く擦った。ゴリゴリと拳の骨と胸骨の骨がぶつかり擦れる音がした。すると、母は顔をしかめて手を胸元に近づけ、教授の拳を振り払おうとする。

「痛みに対してこういった反応が返ってくるわけだ」

学生らは一様に興味深げに頷く。

「あと、周りの患者の手を見てごらん。植物状態では手の筋肉は拘縮する。みんな強く閉じてるだろう。ところがこの患者は珍しいことに開いたままなんだ」

学生らは母の開かれたままの手を見つめる。

「そして、」

教授がもしゃもしゃの指毛の生えた人差し指を母の掌に置いた。すると、母の手は食虫植物が虫を捕まえるみたいにふわっと閉じて、教授の指を優しく包んだ。教授は指を握られ、とても嬉しそうな表情になる。

「把握反射がでてきてるんだ。新生児と同じだね。多分、大脳皮質のある部分だけが壊死してその種の抑制がとれたんだろう。それに関しては私が学会に報告した論文があるから、後で読んでおくように。さ、君から試して」

学生らは順々に母の掌に指を置いていく。すると、母は全員の指を優しく手で包んでいった。指を握られた学生はみんな幸せそうな顔になっていく。

母が誇らしかった。すぐに自分の手も包んでほしくなって、わたしは最後の学生の後ろに並んだ。そして、順番が来ると、母の掌に拳を置いた。ふわりと包んでくれた母の手は温かくて、思わずお腹がくすぐったくなる。

「みおちゃん」

教授の横で介助についていた吉田さんが気づいて、

「あの、こちらの患者の娘さんです」

うやうやしく教授に告げた。わたしは母の手をひっくり返して、手の甲を強くつねった。母はすばやく手を引いて、わたしは満足げな気持ちでみんなを見上げた。しかし、教授を含めた全員が顔を逸らし、それから、彼らは会釈してすみやかに向かいのベッドに移っていった。遠藤先生だけが目元を緩めて小さく手を振ってでていった。

一人ぽつんと残されて、わたしはふたたび母の手をつねった。母は手を捻じって、胸元まで引く。それをしつこく追いかけては強くつねっていった。

「みおちゃん」

吉田さんはカーテンから半身を出して、なんとも言えない表情をしている。

「みおちゃん、つねっちゃだめ」

わたしは悪びれもせず、

「なんでぇ」

吉田さんを見ながら母の首をつねった。吉田さんはすっと入ってくると、わたしの手を優しくとった。

「お母さん、嫌がってるから」

「ただの反射じゃないの？」

「それでもいじめんといてあげて。この前も青アザできたでしょ」

そう言ってから、吉田さんはカーテンから首をだして周りをうかがう。安心した顔で戻ってくると声のボリュームを抑えて、

「どうしてもつねりたいときはここか、ここ」

内出血になりにくい場所を指で数か所ほど指し示す。わたしがそこの皮を強く捻じると、母はイヤイヤするように胴体をくねくねとよじる。

「吉田さんも時々、ここつねってるん？」

何気なく呟くと、吉田さんは目を大きく見開いてから、

「つねっていいのは、みおちゃんだけ」

と瞳を揺らして首を振った。

「つねっていいのに」

「嫌じゃないの？」

「わたし、お母さんとみんなが触れ合ってるん、好きやで」

「そうなん」

「でも、大きな声で話す人は嫌。お母さんうるさい人苦手やから」

吉田さんは相槌を打ちながら母の手をアルコールで拭いていく。隣から教授とみぃさんの声が行きかうのが聞こえてくると、

「主任さん、ちょっとー」

向かいのカーテンから教授の声がする。

「はいー」

吉田さんは急いで向かいのカーテンの中に入っていく。それを追いかけて、わたしは向かいのカーテンをくぐった。ベッドの向かいには、みぃさんが丸々とした胴体で猫脚の青いいすに座りこんだまま、あっ君の利き手である左手を揉み続けていた。

「回診だから廊下へ、って言ってるんだけど。ねぇ、遠藤君」

遠藤先生は頷きはするものの、無表情ですぐにそっぽを向いた。教授が困り果てた顔を吉田さんに向け、

「回診中はどの家族にもでていってもらってるんだけどねぇ」

とぼそりと漏らした。

「あの、もうしわけ、」

吉田さんが口を開くなり、

「あたし、付き添いますからっ」

丸い胴体から甲高い声がでる。すると、疲れ気味の教授や若い学生たちの背骨もカチッと上下に伸びる。

「うちのあつひさ、ときどき腕を大きく振り回すので」

回診の時、父や祖母が悲しそうな息を吐いて廊下へ退場していくのを見ていたわたしは、みぃさんのヒステリックな声に一筋縄ではいかない人だと唾を飲んだ。教授も学生らも同じ

ように喉仏を下げて、空気ごと唾を飲みこんだ。

そこから、みぃさんは袖をめくって太ましい両腕をだし、あっ君の手を揉みながら、ぼそぼそとあっ君の状態を話す学生の話を聞いては時おり頷いたりした。そして、順番に触診する段になると、あっ君に触る人をにこやかに見つめていった。

その日の夜、食卓につくなり、わたしはみぃさんが回診時に病室に居座った話をした。すると、父は嬉しそうにビールを呷り、祖母は満足げに頷いた。

「あとなぁ、カルテ読んでた人がなぁ」

「うん」

「ママの、入院日言ってたてんけど。わたしの誕生日と同じやったん」

母との結びつきを感じたわたしは嬉しくて、その偶然を語り続けた。

「西暦から日まで全部一緒やって、あれ?って。それって、わたしの誕生日と一緒やんっ！て、びっくりしてん」

父は途端に不機嫌になり、祖母は悲しそうな顔になる。

「美桜」

父の声色は明らかに怒っているものだった。まずいことを言ったと気がついたものの、何がまずかったかまったくわからない。頭に何も浮かんでこなくて、わたしは母のようにただ呼吸を続けた。

しばらく食卓に沈黙が続いた後に、

「前にも言うたやろ。出産の時にああなったんや」

父がそれだけ言うと、ビールが入ったグラスをテーブルに置いて、のそのそと寝室に引っこんでいき、そこからでてこなくなった。

翌朝、起きるなり祖母はわたしをリビングの雑貨棚の前へと引っぱった。二十二歳の時に職場で父に出会って、二十四歳で結婚し、その年に妊娠した。そして翌年、わたしを出産した時に脳出血を発症し、大脳のほとんどが壊死した。自分の全てを失い、生きるための機能だけが残り、そこから母は植物状態になった。

そう話し終わると、祖母は棚の引きだしの一つを開けた。そこには家族の昔の写真が溢れていた。

祖母が朝食のトーストの横に写真の束を置くと、わたしはいつも通り、焦げ目をすこしつけて焼いたトーストを齧(かじ)りながら、一枚一枚写真をめくっていった。

父と祖母と一緒に写っている女性は、どの写真でもぱっちりと目を開けて立っていた。

座っている父を後ろから抱きしめたり、安産祈願のお守りを首からかけて、大きく膨らんだお腹を両手で抱えて穏やかな瞳でこちらを見つめていたり、あるいは、前の家のリビングで「美桜」という字を半紙に書いていたり。

それらの写真は今まで隠されてきたものではなかった。わたしは過去に何度も雑貨棚を開けて、その写真を見たことがあった。

しかし、そういった写真を見ても、わたしは父や祖母の若いころを楽しんでいただけで、一緒に写る女性を母として見たことがなかった。

他にもリビングには三人で写った結婚式での写真が一枚、祖母の部屋には女性が一人で大きく写った写真が一枚、後は父の寝室に小さなものが一枚、常に置かれていたが、その女性を母と思ったことがなかった。

ただ、リビングに飾られているものには少しシンパシーがあった。それは引きで撮られたせいか全員が目を瞑ったように写っていて、なおかつ母は斜めに構えて顔を左に向けていたから、今の母が立っただけに見えたからかもしれない。

写真だけではなかった。動画も見たことがあった。動画の中で、女性はウェディングケーキを切っていたり、手紙を読んでいたり。よく響く声で笑っていたり、体を震わせて泣いたりしていた。

また、父や祖母から何度も昔の母の話を聞かされたはずだった。

母もわたしと同じ小学校に通っていて、今の教頭先生はかつて母の担任だったこと。

頭の良かった母は中学から県外の中高一貫の私立学校に通っていて、電車通学をしていたこと。

国道沿いでガソリンスタンドをやっているオーナーが当時大学生だった母に惚(ほ)れこんでいたこと。

町役場の就職内定が転がりこんできたが、それを友達に譲ったこと。

蕎麦(そば)好きの母は父をよく誘って病院近くの「山橙香(さんとうか)」で鴨南蛮(かもなんばん)を食べ、必ずその後に隣の駄菓子屋によったこと。

ことあるごとに母のいろいろな話を聞かされたはずだった。思い起こせば、出産時に脳出血を起こして植物状態になったという話も前から何回も聞いていて、暗に諭されてきたはずだった。

しかし、寡黙な母と過ごしているとそんな話は母のどこにも繋がらないまま流れていって、気がつけば母は生まれた時からこういった状態なんだと無意識に思ってしまうのだった。

ステーキを前にフォークとナイフを持って写る知らない女性。アップで撮られた写真の女性は瞳をこっちに向けていて、そこにはたしかな意志と感情があった。写真の女性は普通に歩いて、普通に目を開けて話していた。首も捻じれてなくて、顔が正面を向いたり右を向いたり、自由自在だった。

わたしは朝食を食べ終わると、さっそく着替えて支度をした。玄関をでて自転車に跨ると、心臓の打ちかたがいつもと違っていた。初対面の人に会いに行く時の打ちかただった。脚に力が入らず、漕いでもいつものように進まない。

裏手の駐車場につく頃には息が切れて体が怠(だる)くなっていた。自転車を降りてから、家に帰ろうと何度か頭をよぎったが、それでも裏口から入って、階段をあがっていった。

ナースステーションの中では申し送りが行われていた。

「みおちゃん、おとぉ……。あら、裸足(はだし)」

吉田さんを会釈でかわして、病室へと駆けこんでいった。朝食の時間前で五つのベッドにはカーテンがかけられていた。母のカーテンをのぞくと、ベッドは起こされておらず、母は横向きに寝ていた。

窓の外では葉の隙間から白い朝陽が漏れて、生け垣全体が浮き上がったように光っていた。その重みのない白い光が、窓際の母と枕元の近くでパイプいすに座る父をほのかに包んでいた。わたしは隣からパイプいすを拝借して、父の隣に座った。

カーテンを閉じると、自分にも淡い光の粒が染みこんでいくように感じた。わたしも父も何も喋らず、眠る母を黙って見つめる。母の、すーすーという健やかな寝息だけが耳に聞こえてきた。

父は目を細めて、その寝息に耳を澄ますと、嬉しそうに鼻から息を漏らした。

「不思議やなぁ」

父は腕組みをして微笑みながら首を捻った。

「美桜、今はお母さん寝てるよな？　寝てる時の息やんな？」

わたしは母を見つめたまま、黙って頷いた。

「おれは美桜みたいに、お母さんのこと、なんでもわかるわけじゃないけどな。寝てるかどうかはわかる。寝息だけはかわってない」

父は母の頬を親指で撫でた。父が母を触るのをひさしぶりに見る。

「信じたくないかもしれんけど、昔はな、お母さん、普通に話してたてん」

「うん……」

「あの写真のママは嫌いか」

「嫌いとかじゃないけど」

「そうか」

「今のママは嫌いなん？」

「嫌いとかじゃないけどな。ただなぁ、どうしてもなぁ」

父はふたたび腕を組んで、首を俯かせる。

「美桜がな、お母さんが生まれつき、こうなんや、って思ってしまうようにな、お父さんとか、おばあちゃんはどうしても、今のお母さんは深く寝てるだけやって思ってしまうんや。これが今のお母さんやって頭ではわかってるねんけどな。こうやって、寝てるときとかはやっぱり、目ぇ覚ますんちゃうかってな。先生から、二度と元に戻ることはないって言われてもな、目ぇ覚まして普通に話しはじめるんちゃうかって、初めの五年くらいは毎日思ってた。もう今ではそんなことあんまり思わんくなったけど。ただな、今でも、寝てるときに会ったらな、気ぃついたら、昔の深雪が寝てるだけなように見えてくるんや」

たしかに白い朝陽を浴びる母は今にも目が覚めそうに見えた。

「だから」

強い鼻息と共に父は立ちあがる。

「朝と夜は会いに来たくないわ。会ってるときは嬉しいけどな」

父がカーテンからでていくと、後ろ髪引かれるような足音だけが遠ざかっていった。

その足音が聞こえなくなると、わたしは母に近づいて、瞼をめくり、唇をめくり、髪をかきあげておでこをなぞる。

ポケットから写真を一枚だした。下瞼の縁にある薄いほくろ、少し奥に引っこんだ前歯、生え際が斜めになった狭いおでこ。特徴の全てが写真の女性と一致する。

そんなことは、とうの昔に写真を片手に確認したことだった。その時はそれでも、女性と母が重なることがなかった。同じ女性だと確認したにもかかわらず、同一人物だとなぜか感じなかった。その時も頭に浮かんだのは、大きく膨らんだお腹を両手で抱える、目を瞑って首が捻じれた母だった。

しかし、今やうっすらと写真の女性と母が繋がりはじめていた。急に母がいろんなものを失った人間に思えた。胸がぎゅっと苦しくなって、助けを求めるように母の横によっていったが、もたれることができなかった。

今にも母が動画の女性として起きだして、

「はじめまして、美桜ちゃん。高梨深雪っていいます。今日からわたしが母親よ、ママって呼んでね」

目をはっきりと開けて、話しだしそうな気がした。少し気の強そうな、しっかりとした目つきで、胸に響いてくるような声色で。母とまったく同じ顔をした、まったく知らない女性が。

母の真横に座ったまま、わたしは胸を抱えてうずくまった。

わたしの母は動かないし、しゃべらない。目も開けないし、笑わない。それがよかった。

しかし、目の前にいるのは、やはり普通に生きていたあの女性が脳にダメージを負って、何もできなくなった人。

それが今の母で間違いなさそうだった。

そこからしばらくの間、母を訪れると動画の声がどこからか聞こえてきた。朗らかに笑い、時に父や祖母をたしなめるような強い声。

そんな声をだす女性が母に重なると、

〝もう、甘えたな子〟

と目をぱっと開けて、瞼が開いた勢いでわたしはどこかに吹き飛んでしまいそうだった。

もたれることができなくなってから、父や祖母のようにパイプいすに座って母の少し前から後ろを眺めるようになった。

永遠に目が覚めないだけで体の奥にかつての母が眠っている、と思いこんでいる時の父や祖母のあの、母の少し奥を見つめるような焦点のずれた目つき。

そんな見つめ方を今、自分もしているのがわかった。

もし、元に戻ったら。という目つきで眺めていた。

そんな時は必ず、仲良くできるかな、怒ったら怖いかな。あとは、休日どこかに連れて行ってくれるだろうか。そんな考えが自ずと浮かび上がってくるのだった。

父と祖母と三人で遊園地に行った時もそうだった。疲れてベンチで休憩している父や祖母をおいて、アトラクションの列に一人で並んでいると、ふとあの女性が横に一緒に並んでくれたら、と妄想した。

しかし、数か月も経たないうちに、母はやはりいつもの母に戻った。

ブラックホールみたいな母の圧倒的な寡黙さに写真や動画の女性は吸いこまれて消えてしまった。写真や動画の母を見てから家をでても、自転車を漕いでいるうちに呼吸のなかにあの女性は消えていって、母に辿りついた時にはもうどこにもいなくなっていた。

そんな時、胸の中に淡い希望や期待の感触だけが残っていて、母に会うとなんだか物足りなく感じた。

それから、ふたたび母にもたれかかれるようになると、そんな期待も希望も、すぐに消え失せてしまった。

胸に湧きあがってきたものを話せるようになった。

〝みお、産まんかったらよかった？　昔みたいに歩いたり、話したり、働いたりしてみたい？〟

と訊ねてみても、母はただ呼吸を続けるだけだった。母の体のどこからも後悔の欠片(かけら)を感じとれなくて、わたしは心の底から安心して、母に体重を押しつける。

そうすると、いつのまにか母と呼吸のリズムがまったく同期してしまって、母がこうなってしまった経緯(いきさつ)さえもどうでもよくなって、ただ黙って一緒に呼吸するだけになる。

ぼんやりとどこでもない一点を見つめて、

〝ママの娘やから〟

心の奥で囁(ささや)いた。

〝わたしも植物なんかも〟

その囁きは声帯を使わずに震えて響いた。

次の一呼吸でそんな騒(ざわ)めきも頭の中から消えていって、わたしは西日の残りを腕に受けながら、ただゆっくりと呼吸を続けるのだった。

2

朝からの雨は上がっても、空は分厚い雲に覆われていた。薄暗い舗道を俯いて、傘の先でコンコンとアスファルトを突いて歩く。制服のスカートが濡れて、朝はシャンとしていたプリーツがすっかりよれていた。

「みーおー」

澄んだ声が舗道に跳ね返って届いてくる。眩しい光に目を細めていると、すぐに二つのライトは光を抑えた。

助手席の窓から白い腕がでて、大きく振られている。

「今日は部活ないのー？」

上品なエンジン音と共に若葉の微笑が近づいてきて横づけされる。白いＳＵＶの車体に細かな雨粒が残っている。

「今日歩きやろ？　乗っていきぃや」

「だいじょうぶ」

「なぁ、いいやんな」

「みおちゃん、乗っていき。また降ってくるかもしれんし」

奥の運転席で若葉の母親が微笑む。渦巻きそうな口角の上がり方、若葉とそっくりな微笑み方。

二人は親子なんだなと思いながら、

「じゃあ、お願いします」

わたしは後部座席に乗りこんだ。

「なんか、笑い方そっくり」

「えぇ、ほんまぁ」

今度は二人同時にクスクスと嬉しそうに笑う。

「みおちゃんは、お母さんとどこが似てるって言われるの？」

ウィンカーを切る人差し指の爪も若葉のものと似ていた。

「色白なところかなぁ」

「お母さんも白いんやね」

「みお、ほんま肌白いもんね」

「昔は焼けたら黒くなったのになぁ」

子供の頃から病室に通い続けたせいか、今では焼けても赤くなるだけになった。体からメラニンが完全に失われてしまったのだろうか。いつからかわたしは本当に植物になってしまったのかもしれない。

「お母さん元気？」

「体調崩してはるの？」

「おかげさまで最近はいいみたいです」

ある時、〝母は体調を崩して別居している〟という都合のいい表現を見つけてからはもっぱらそれを使っていた。

　それだけである人は鬱病だろうとか、あるいは、離婚間近で別居していると思ってくれた。県を跨いだ私立の学校に通っていることもあって、わたしの母を知る者は一人もいなかった。

「優しいねんて」

「あら、素敵ね」

「そうですね。わかばちゃんのお母さんくらい」

「ふふ。お母さんも、優しいもんね」

「あら、うれし」

「あっ、お母さん。ラ・メゾンよろ」

「今食べたら、晩御飯食べれんくなるよ」

「いいやん。みお、国道沿いの、橋の手前の店知ってる？」

「うぅうん」

「そこ、マカロンめっちゃおいしいの。ねぇ、おかぁさん！」

「若葉。また今度」

「あっ、今日みおの誕生日やねん。誕生日プレゼントにいこ。なぁ、みお、これはほんまやんなぁ」

「ほんまやけど。大丈夫。さっき、わかば、プレゼントくれたし」

「あぁ、ほんまぁ。みおちゃん、おめでとう」

「ありがとうございます」

「じゃあ、持ち帰りしようよ？」

「うぅん。みおちゃんは時間大丈夫？」

「大丈夫やんな、みお」

「時間は大丈夫ですけど」

「わかった。じゃ、お持ち帰りね」

「やったぁ。みおにも買ってあげてね」

「わかば、いいって。あの、わたし、大丈夫ですから」

「気にせんでええんよ。みおちゃんも、晩御飯の前に食べたらあかんよ」

車は郊外へと向かう国道に入って、街灯の少ない雨道を進んだ。

橋の入り口をほのかに照らすその店は車でしか行けない場所にあった。店内では若葉の弾んだ声と共にお行儀よく並んだマカロンが一つずつトングで挟まれて、箱に詰められていった。

詰め合わせを持って車に戻ると、持ち帰り用のコップから紅茶の湯気が立ち上って、車内はすぐに温かな匂いでいっぱいになった。

「お母さん、一個だけたべていい？」

若葉は箱を開けて、マカロンを指先で撫ではじめる。

「若葉、帰ったらすぐご飯やから」

「ね、おねがい」

「やめなさい」

「じゃあ、半分だけ。お母さんとわたしで半分こ」

「若葉、やめて」

若葉は薄緑色のマカロンを一つ摘まんで、

「はい、お母さんが好きなピスタチオ」

母親の唇にすりすりと色を移すようにこすりつける。

「もう」

すると母親は薄い唇を少し開いて、上品に半分だけ齧る。

「わぁい」

若葉は残り半分を自分の口に放りこんだ。

「みおちゃん、ほんまに駅前でいいの？」

「はい、大丈夫です」

車がロータリーに横付けされると後部座席から降りて、

「今日はありがとうございました。ごちそうさまです」

箱を胸の前に抱えて会釈する。

「みお、また明日ぁ」

「うん、ばいばい。あっ、わかば」

助手席の窓から顔をだす若葉に近づいて、

「わたし、陸上部やめるかも」

と囁いた。

「えっ」

目を丸くして声をあげる若葉に、

「また後で連絡する」

手を振って車から離れて駅沿いに走っていった。飲み干した紅茶のカップをゴミ箱に捨て、
駐輪場を突っ切り、病院の勝手口を開けた。階段の奥からは柔らかい光と穏やかな声が漏れている。

わたしはとんとんと階段を駆け上って、廊下へ入る。

「みおちゃん、今日は部活？」

吉田さんがナースステーションの奥でご飯を食べていた。

「今日は試験前やからミーティングだけで終わってん」

わたしは受付の上にマカロンの詰め合わせを差しだした。

「よかったら、これ」

「あらまぁ、ハイカラなお菓子」

「貰いもので。おすそわけ」

「一個もらおかしら」

「みんなで分けてください」

「いいの。夜勤の人数分だけもらおかな」

吉田さんは四個マカロンを抜き取り、お皿の上にのっける。

「お母さんもご飯食べ終わったから、一緒に食べたら」

「そうする」

歯抜けのように残った詰め合わせを持って病室に入っていくと、手前のカーテンが閉まっていた。カーテンの向こうからぶつぶつと呟く声がするが、どれだけ耳をそばだてても、何を言っているか聞きとれない。

カーテンに顔を突っこむと、佐藤さんが入れ歯のお婆の肛門に指を突っこみ、ころころとした丸い便を掻きだしながら、何かを呟いている。

お婆の肛門の近くに褥瘡が一つあった。皮膚と肉が欠けてできた穴から、白い骨が見えている。

植物のように生きてみても、やはり肉の体で生きていることに違いなかった。修行僧のお爺も自分の重みで背骨を圧迫骨折してしまって、最近はコルセットを巻いている。

「やだ、みおちゃん」

佐藤さんは目が合うなり、

「いたなら言ってよ」

恥ずかしそうに微笑み、呟きを止める。

「おばあ、また便秘してんの？」

「そうやの」

「お母さんは大丈夫？」

「うん。この前、みおちゃんに摘便してもらってからはスムーズよ」

石炭みたいな硬い便が肛門からゴロゴロと数個ほじくりだされると、後からどどどと泥みたいな便が一気に流れでてくる。

「よし」

佐藤さんは大きな息を漏らして、おむつを丸めた。

「あっ、みおちゃん。わたしね、来月から本館に転科になんねん」

「そうなん」

「ずっと、ここがいいなぁ。なんか、不安やわ」

ここの看護師と本館の看護師は何かが違っていた。何が違うかわからなかったが、とにかく向こうの看護師は単純に恐かった。

そして、この病棟はとても静かだった。特に奥へ行ってこの病室に近づくほど、しんとしていく。静かなのは患者だけではなかった。ここの看護師が声を張っているのを聞いたことがなかった。まるで息を吸いこみながら話しているような声色だった。だれもがぼそぼそとした、ちょうど息と声の中間くらいの音でやりとりしていた。

「目ぇ合わせて話せるかなぁ。起きてる人と何話したらええんやろ」

「わたしと話すように話したらいいんちゃう?」

佐藤さんはくすりと笑いながら、

「そうやったらええんやけど」

新しいおむつを取りだす。

「なれたら、きっと楽しいって」

「そうかな」

佐藤さんはお婆におむつをはかせ、

「そうやったらいいな」

とナースステーションに帰っていった。

病室の奥で母はいつもどおり座っていた。陽を直接浴びることのない肌は白くて、頬に薄紫色の静脈が蛇行して見える。色白の肌に染めたばかりの金髪が一層映える。

「なにがあかんのよ」

半年前に茶色に染めた時は父も祖母も雰囲気の変わりように喜んでいたが、つい先日お風呂の時間に付き添って染めたこの金髪には、二人は見るなり呆(あき)れた息を漏らしていた。

「似合ってんのに」

と息巻いて呟いた後、ぽつんと雨粒が庇から落ちる音がした。

窓を見ると、生け垣で外の光は遮られて暗く、空っぽの病室が黒々と映っている。病室にみぃさんも看護師も誰もいなかった。わたしは唾を飲みこんでから、そっと片側だけカーテンを引いて、パイプいすからベッドへと腰をかけなおした。

さっそくマカロンの箱の中のドライアイスをハンカチで包んで、母の耳たぶに当てる。数分当てると耳たぶは硬く締まって、肌は陶器のように血色を失っていた。

鞄から ピアッサーを取りだして、母の耳たぶを挟んだ。大きく息を吸ってからゆっくり吐いて、半分ほど吐いたところで息を止める。

バチンッ、と金属音が鳴ると、同時に母の右手が飛んできて、ピアッサーが振り払われる。ピアッサーが壁に向かって飛んでいくと、耳たぶには18Gのシルバーピアスだけが残った。ピアスの周りの肌は少し赤くなって腫れはじめていた。

「痛かった?」

母の頭を撫でながら、金髪をかきあげて耳全体が見えるようにする。そして、携帯で写真を撮った。

出来映えに満足して、

「似合ってるで」

と母を抱きしめた。母は痛みで体が火照っていた。抱きついていると、眠気が少しこみあげてくる。このままひと眠りしようかと迷っていたところで、頰に微かな視線を感じた。

振り返ると、あっ君が目をぱっちりと開けていた。左の瞳は真横を向いていたが、右の瞳はまっすぐにこちらを向いていた。

「見てたん?」

片方の瞳に見つめられるだけでもわたしは恥ずかしくなって、

「内緒やで」

と囁いてから、また母へと向いた。

ビューラーで睫毛をカールさせてから、携帯を構えた。そして、母の右腕を摑んで手で髪をかきあげさせる。

携帯にその姿を収めると、まるで自分で髪をかきあげて、開けたばかりのピアスを見せているように写っていた。かきあげた右手の先には先週つけかえた桜模様のネイルが映えている。

画像を加工して、背景を病室からカフェに差し替える。

〝ピアス、開けました〟

その写真をSNSに投稿すると目を瞑った母の写真がずらりと並んだその先頭に、ピアスが飾られた綺麗な耳が新たに加わる。すぐにハートが一つピンクに光った。その反応に満足して、母の髪を調節して、耳のピアスを隠した。

一年前にはじめて、それから数か月の間、フォロワー数は二桁に留まっていたが、ある時、爆発的に増えた。有名なファッション系のインフルエンサーに注目されて（目を開けた顔を一枚も載せないことに感じるものがあったらしい）、フォロワーは一気に一万を超えた。

以来、多くのメッセージをもらったが、誰も母が植物状態だと気づいていない。

「そうや、誕生日に買ってもらってん」

ベッドテーブルの上にマカロンの詰め合わせを置くと、パイプいすに腰を落とした。

「あっ君、食べる？」

振り返ると、あっ君はもう目を閉じていた。

「あとであげるね」

わたしは白色のマカロンをひとつ摘まんで、

「お母さん、食べたことあったっけ？」

母の口元に持っていった。

マカロンの生地が唇に触れると、母は口をパカッと開けた。マカロンを放りこむと、むしゃむしゃと一心不乱に嚙みはじめる。途中から唾液が絡みはじめて、クチャクチャと音が立つ。

母はごくんと一回飲みこむと、歯茎に詰まった残りを舌でベロベロと掘りだす。しまいに前歯にも残ってやしないかと舌先で探りだす。

「もうちょっと、上品に食べてよ」

黒いマカロンを一個摘まみ、唇の右の口角に触れさせた。舌が伸びてきて指ごと舐めてくる。マカロンを一度引いてから、今度は右頬に強く押し当てた。頬に減りこんだ黒いマカロンの縁がグニッと潰れていく。

するとと、母は舌をサッと奥にしまって、口を閉じて震えだす。

母の耳元に口を近づけ、

「能なし」

しっかりと囁いた。微かに血の匂いがして、金髪の間から鈍く光るピアスが垣間見えた。耳たぶは赤く盛り上がってパンパンに張っていた。

「きもい」

何気ない日常のなかで腹の奥に溜まっていくエネルギーに、言葉が繋がっていく。

「モブが」

内臓から熱が湧きあがって、腹が温かくなっていく。

「きもいんじゃ」

熱は胸から首に上がってきて、冷たかった頬にも血が通ってくる。

「走り方がきもいんじゃ」

頭にくっきりと、陸上部の先輩たちの顔が浮かんでくる。

「もう嫌やわ。おまえらの相手すんの。足も遅いし、走り方きもいし。性格悪いし、すぐ嘘つくし。汗は臭いし。若葉がいればいいわ。もうおまえらとかかわりたくないわ。大会にでれんくてもいい。走れれば、それでいい」

誰にも漏らせない気持ちを、普段は使えない言葉を、母には言える。いつからか父や祖母の前では無理になったが、母の前ではいまだに素直になれる。

百パーセントの完全な素直。わたしは母に一回も嘘をついたことがない。誤魔化したことすらない。

「もっと食べたい？」

わたしは半分ほどに潰れた黒いマカロンを頰から離して、母の口へと押しこんだ。

「デザートやから味わって食べやな」

マカロンを三個縦に摑んで、嚙んでいるそばから口の中へ詰めていく。

「買ってもらったん。若葉もおばさんもいい人やで」

口がパンパンになると、

「吐いたらあかんよ」

口の隙間からフガフガと情けない音が聞こえてくる。

「家族で食べてねってもらったん。食後に食べてねって」

吐けないようにわたしは右の掌で母の口を覆った。母は何度もおえっと口を開くが、わたしは左手で母の後頭部を抑えて、右手で口を完全に密封した。母の目から涙が流れ落ちるのと同時にわたしの目からも涙がこぼれていった。

母はすでに噛むこともせず、おぉっ、おぉっ、と首を激しくゆする。右手の指の間から唾液まみれになって潰れたマカロンがにゅうっとでてきた。右手は母の涙と唾液とマカロンでべちゃべちゃになる。

強い息で声にはせず、

「吐くなって言ってるやろ」

怒気を押しつけるように囁いた。

「先輩のいうこときけや」

母の右手が飛んできて、口から手が外れると同時にべちゃっと、どろどろのマカロンが布団の上にこぼれた。

「やりなおし！　吐いたもの全部食べぇや！」

怒鳴ると同時にパタパタという足音がやってくる。

「あらまぁ」

吉田さんはティッシュで布団の上の吐物を拾っていく。

「貰いもんやのに！」

耳まで熱くなってきて、くらくらしてパイプいすに座りこんだ。

「あぁあぁ、そんな怒らんであげて。晩御飯食べ過ぎたからやわ。もうお腹いっぱいやってんね」

吉田さんはティッシュをさらに数枚取る。

「はいはい。みおちゃんも涙ふいて。手ぇ洗ってきぃ」

わたしは左手で涙を拭くと、病室からでていった。

お手洗いにある沢山並んだスイッチを押していくと、三個目のスイッチでぱっと灯りが点いた。手を冷たい流水に晒(さら)していると、ようやくこみあげていた熱が顔からすーっと引いていった。

ふぅーっと息を吐くと、先ほどまで詰まった感じがあった股関節あたりにも息がすぅっと駆け抜けていく。

トイレをでると、ナースステーションでは吉田さんと年明けから赴任した新しい医者、白(しら)旗(はた)先生が話し合っている。

「嘔吐(おうと)じゃなくて、口にあるもんを吐いただけなんで、別に食止(しょくど)めしなくてもいいですよね？」

吉田さんの意見に先生は黙って頷いて、当直室に戻っていった。遠藤先生の後に来た医者も、その次に来た白旗先生もひどく老けて見えた。五十代らしいが、白髪と猫背でもう八十くらいに見えた。

疲れ切った医者しかここに来ないらしい。赴任して数か月経つというのに、この医者の声をいまだに聞いたことがなかった。

病室へと踵を返すと、

「みおちゃーん」

病棟の入り口からみぃさんが歩いてくる。ビニール袋がかかった服を持っている。

「制服できたんや！」

制服を肩に担いだみぃさんと病室に戻ると、母の布団も汚れた口元も綺麗になっていた。わたしは母のベッドに戻らず、そのまま、あっ君のベッドへ腰かけた。

つい二週間前に業者が来て、あっ君の制服の採寸をしている時、はじめて身長が追い抜かれそうになっていることに気がついた。座ってばかりでわからなかったが、あっ君も成長しているのだ。

「さっそく、着せよぉよ」

わたしはみぃさんから制服を受け取ると、ビニール袋をはりはりと破いた。

「あっ、ナンヨウ高校や。ここの制服かっこいい」

「あら、そう?」

「そやで。めっちゃ有名。若葉の彼氏もここ通ってる」

あっ君の制服はこのあたりで一番の進学校のものだった。東京の有名な大学を卒業したみぃさんも中高一貫の有名な学校に通っていたらしい。

「新品の匂い」

乾いた糊(のり)の匂いがする。あっ君を立たせずに測ったわりに、出来上がった制服はあっ君にぴったりだった。

「似合ってる。なんか頭良さげ」

詰め襟の学ランタイプの襟は、あっ君の顎のラインに並行してかっこよかった。神童のように見えた。実際、みぃさんの子供だからあっ君は頭がいいに違いない。

「あっ、そうや」

わたしは母のベッドに駆けていって、テーブルからマカロンの詰め合わせをかっぱらった。

「さっき、もらってん」

ベッドテーブルに詰め合わせと味の説明書を広げる。

「みんなで食べよう」

箱の中にはマカロンがちょうど三つ残っていた。

「いいの？　お母さんの分は？」

わたしは母を一瞥してから、

「お母さん、もうさっき五つも食べてん」

みぃさんの顔に箱を近づけた。

「みぃさん、何が好き？　これは抹茶で、これが野苺、これ、コーヒーかな」

「コーヒー、もらおうかしらねぇ」

「はぁい。じゃ、あっ君は野苺」

「ちょうどね、食後に紅茶飲もうともってきたのよ」

みぃさんは革のバッグから細長い水筒をだし、棚からコップを取りだす。

「みおちゃん、湯呑でもいい？」

「わたし、これ使うから大丈夫」

わたしは母親の棚からコップを持ってくる。それは母用のティーカップだった。

「あれっ。じゃあ、ママの分は？」

「お母さんの分いらんよ。もうお腹いっぱいやから」

母に背を向けて、ティーカップを差しだした。

みぃさんが作った紅茶はフルーツの香りがした。みぃさんはコーヒーのマカロンを綺麗にティーカップに添える。

「写真とろおっと」

携帯で撮った写真に淡いフィルターをかけると幸せの象徴みたいな絵に変わる。

抹茶のマカロンを齧ってから、

「おいし〜。抹茶が一番かも」

と大げさに言ってみた。

「みぃさんも食べて〜」

三分の一ほど齧られた深緑色のマカロンをみぃさんに差しだした。

「あら、ほんとね」

みぃさんは三分の一ほど齧って微笑んだ。

「歯並び、綺麗」

綺麗に齧られたマカロンを見つめる。弓状に並んだアーチに歪(いびつ)なでっぱりは一つもない。

わたしはみぃさんの太い胴体にもたれかかり、口をにぃっと開けた。

「わたし、ここだけでてんねん」

右の犬歯を爪で叩(たた)くと、かつかつと乾いた音が鳴る。

「あら、それくらいが愛嬌(あいきょう)だわ」

「ほんまに」

マカロンを母のティーカップに添えて、はみでた犬歯を強調するように笑う。

「みおちゃん、コーヒー食べれる？」

「うん」

「苦いの平気やねんね」

「うん」

みぃさんのマカロンを一口齧ると、そのマカロンはみぃさんの口に運ばれていった。みぃさんは思いついたように途中でマカロンを前歯で嚙みきって、

「あっ君、コーヒー食べれるかな」

残りをあっ君の口元に近づけた。

「みおちゃんのママ、コーヒー飲めるよね」

「うん、けどお酢が苦手みたい。酢の物食べたら、いっつも、むせちゃうん」

あっ君は小さな口を開けると、みぃさんは恐る恐るマカロンを入れた。あっ君はいつも通りもぐもぐと咀嚼しだしたが、すぐにピタリと止まった。

「やっぱ、苦いのダメなんや」

眉間にわずかによった皺が可愛らしく、わたしはあっ君の頭を優しく撫でる。すると、あ

っ君はゴクンと飲みこんだ。

「よかったわねぇ。よく食べれました」

みぃさんは嬉しそうにあっ君に拍手する。

「もう高校生やもんね」

「そうだわ。みおちゃん、一緒に写真撮ろう」

みぃさんが構えるカメラは本格的なものだ。わたしが中学の卒業式の帰りに病室を訪れた時も、みぃさんは同じカメラを持ってきていて、それで制服姿のわたしを何枚も撮ってくれた。

撮ったものはメールで送られてきて、そのうち母の隣に腰かけて撮ってもらったものは引き伸ばして現像してもらい、自宅のリビングに飾ってある。

わたしは布団をめくって、あっ君の隣に腰かけた。かわいい手を握って膝の上に置くと、みぃさんがパシャパシャとフラッシュを焚(た)いた。

「みぃさん、わたしも撮ってあげる」

といったものの、ボタンを押せばいいだけのものと違っていた。みぃさんは幾つかボタンをいじった後、

「あとはここを押すだけ」

とカメラを預けた。おっ、と声が漏れるくらいカメラは重かった。

みぃさんはあっ君の隣に座ると、制服姿のあっ君を眺めてから上品に微笑んだ。みぃさんの中から何かがきらりと光ったような気がして、その瞬間にボタンを押しこんだ。フラッシュがパンと弾けて、二人が光の中に沈んでいった。

光の粒々がふわっと蒸発していって、再び、眩さの中から二人が現れた時、あっ君は目を開けていた。

「目ぇ、合った！」

あっ君は両目をぱっちり開けている。瞼をこじ開けた時にはいつも左右が別々の方向を向いていたが、今はたしかに二つの瞳が揃っていて、目が合っている。口は一文字に閉じられているのに、二つの瞳が揃うだけで、顔に花が咲いたように感じられて、胸が高揚する。

「あっくん！」

みぃさんは両肩を摑んであっ君を見つめ、目に涙を浮かべだす。

「高校生よ」

みぃさんがあっ君を強く抱きしめると、あっ君は再び目をゆっくりと閉じていく。

「高校生になったんよ」

いつもの腹に響いてくる落ち着いた声とは違って、それは人の胸をかき混ぜるようなものだった。自分に話しかけられたわけでもないというのに、なんだか苦しくなってくる。

一方、みぃさんの肩の上に顎を乗せていたあっ君はもう何事もなかったかのように半目になって、みぃさんが再びあっ君の両肩を持って向かい合った時には完全に目を閉じてしまっていた。

みぃさんの眼差し(まなざ)しは普段とはうって変わって、しがみつくような余裕のないものに変わっていた。

わたしは自然と息を殺していた。話しかけることはできず、でそうになった言葉も唾と一緒に飲みくだす。それどころか存在自体を意識されないように、滲みでそうになる汗もぐっと皮下に押しこめた。

カメラを首にかけたまま、ティーカップをそっと持って後ずさりする。あっ君のベッドから離れて、母のベッドに戻った。そして、みぃさんがカーテンを引くと、わたしも合わせてカーテンを引いた。それでも、カーテンのわずかな隙間からみぃさんの声が漏れてきた。

母も時々目を開けることがあった。それだけでなく、咳払いしたり、意味不明の声をだす時もあった。先生が言うにはそれらは全部、単なる生理的な反射に過ぎなかった。

それでも父も祖母もみぃさんと同じような反応をした。涙を目に浮かべて話しかけ、その後、二人は母の昔の話をするのだ。

ある時など比較的長い声をだして、それは鼻唄みたいに聞こえた。

「かわらんもんや。今の鼻唄の感じとか」

と父が呟くと、

「話されへん幼児の時から、鼻唄してた子やったから。寝てても唄ったりしてたんよ」

と祖母が懐かしそうに目を細める。そういった話が始まると、もたれかかっている母がまるで別人のように感じて、わたしはとたんに怖くなる。

そんな昔話じみた話が一通り終わると、二人は母のいつもの静寂をやけに虚しいものに感じるようで、悲し気な息を吐くのだった。

父や祖母と違って、みぃさんはあっ君の昔話はしなかった。ただ、みぃさんもあんな瞳をして、あんな声をだすということは、あっ君にも普通に歩いて普通に話していた時があったのだ。どちらの普通も知らないのはわたしだけだった。

首にかけたカメラの画面をのぞきこむと、みぃさんとあっ君、二人が仲良く写っている。一つ前に戻ると、わたしとあっ君。ボタンを押しっぱなしにして一枚一枚遡っていく。すぐにここ数年が行き過ぎ、しばらくした時だった。

写真の中の人間が二人から三人に増えた。真ん中には幼児が目をぱっちりと開けて、頼りなげにも一人で立っている。もうこの頃からあっ君だとわかるくらい今と同じ顔立ちをしていた。

その左手に小太りで地味なスーツを着た優しそうな目をした男性が、右手には同じくらいの身長ですらっとして、細面で派手なドレスを着た目力のある女性が立っていた。美崎家のそれは、家の棚に入っているわたしの家族写真を思いださせた。

あっ君もみぃさんも今とは何かが違っていた。その写真の二人を好きになれそうになくて、わたしはカメラから目を離す。

あっ君もやはり目を開けて普通に生きていたのだなと母にもたれかかった。ゆっくりと膨らんでは縮む母の胸に頭を預けていると、いつのまにか、母と同じリズムで呼吸していて、わたしはこの人の娘なのだと実感する。

耳元でごめんねと囁いてから、みぃさんと齧りあったマカロンを足元のゴミ箱に捨てた。ティーカップの縁を母の唇につけて注いでいくと、母は美味しそうにごくごくと飲んでいった。飲み干した後も、紅茶で濡れた唇をしつこく舐め続ける。制服の裾で濡れた唇を拭いてあげると、舌はぴたりと止まった。

母の首元に顔をうずめると、首元から動脈の音がして汗の匂いがした。母はいつもとかわらず温かかったが、今はそれだけでは駄目らしかった。

不意に胸がコンコンと二回弾けると、母は喉からポンと黒いマカロンの欠片を吐きだした。

それから、母は目をぱっちり開ける。

「詰まって気持ち悪かったん？」

母の頭を撫でると、

「ふぅ～」

母は大きく息をおろして、また目を閉じた。

「目なんか覚まさへん、な？」

マカロンの欠片を拾って口に放りこむと、母の唾液の匂いがした。母にもたれかかると、甘やかな眠気がやってきた。

「仲良う寝て」

祖母がカーテンを半分開けて、よいしょと鞄をおろす。向かいのカーテンもサーッと開き、

「あぁ、どうも。こんばんはぁ」

祖母はみぃさんに挨拶する。

「どうも、こんばんは」

いつも通りのみぃさんの声が聞こえてくると安堵して、ますます母から離れられそうになかった。

母の胸が再びコンコンと跳ねると、

「風邪でも引いたんか」

祖母が分厚い手で母の頬を撫でる。

「なんや、これ」

母が吐きだした欠片を祖母は拾ってゴミ箱に捨てる。

「若葉からもらったマカロン。お母さん、吐いちゃったん」

「おばあちゃんの分は？」

「お母さんが食べつくしちゃった」

「そうか」

祖母は布団の上の白い欠片を拾って平らげる。

「すいません、わたしもあつひさと一個ずつご馳走になりまして」

「あぁ、そうですか」

祖母は機嫌を直してみぃさんに近づいてぼそぼそと話しはじめた。子供が植物状態という同じ境遇にあるせいか、祖母とみぃさんは時おり話しこむことがあった。だいたいはわたしがトイレに行っている時だったりして、そして、わたしが帰ってくるなり話すのを止めたりした。

話している時、二人は何だか静かに怒っているような雰囲気がして、わたしはどうしても好きになれなかった。

その雰囲気を壊すように鞄から数学の宿題を引っぱりだして、

「ここだけ、やっぱりわからへんの」

あっ君のベッドテーブルに広げた。平常に戻ったみぃさんは、

「どこまでは、わかったの。教えてみて」

落ち着いた声で答えた。

それからいつものようにベッドテーブルで宿題を終えると、

「みゆきに会っていく？　あぁ、そう。じゃあ、今から向かいます」

携帯を片手に祖母は振り返って、

「お父さん、駐車場ついたって」

と目配せする。わたしが宿題を鞄にしまい始めると、

「顔ぐらい見にこれへんのかいな」

祖母はごにょごにょと呟きながら病室をでて、ナースステーションで献立について話して
いるみぃさんの方へ歩いていった。

わたしは鞄に全てをしまいこみ、母の手を握りにいった。そして、あっ君にバイバイと手
を振ろうとした時だった。

あっ君はぱっちりと目を開けて、真正面を見ていた。その視線の先に母がいて、母もまた目を開けていた。二人は見つめあっていた。

看護師が離れる早朝や深夜、あるいは西日が射して病室のみんなの顔が逆光になってよく見えなくなる時間帯、二人は時々見つめあっているのだろうか。

そんな風景が頭をかすめだした時、

「みおー」

祖母の呼ぶ声がしてわたしはベッドを後にした。見つめあっていた二人も、わたしが病室をでる時にはゆっくりと目を瞑りはじめていた。

車の後部座席に乗りこむと、奥には誕生日プレゼントとケーキが置かれていた。家に帰って食事がすむと、すぐにケーキのロウソクに火が灯(とも)された。部屋の電気が落とされ、父と祖母の顔にゆらゆらと橙色の光が揺らめきだす。疲れた瞳がロウソクの炎で輝いてみえる。

「あぁ、そういえばついこの前、深雪が夢にでてきたんですよ。ものすごい剣幕で怒ってきて。わたし、動かれへんだけで全部聞こえてたんよって」

父はロウソクを見つめながら、

「怒ったら、手ぇつけられへんからな」

嬉しそうに困った顔をする。

「あぁ、ほんまに。わたしも、あぁ、少し前に夢に見たかいな。その時は、お母さん、私の学生時代の秘密、陽平さんにばらしたよねって」

「秘密ですか？」

「それが何か見当つかんくて。あぁ、そうや。あと、みおに小学校から私立に行かせるって言ったじゃないって、言ってて」

祖母も細い目でロウソクをぼんやり見つめる。

「そんな話あった？　みゆき、そんなこと言ってた？」

「ないですないです。生まれる前に話したのは名前くらいで、将来どこの学校行かせたいとか、話したことないですね」

すると、祖母は顔を綻(ほころ)ばせて、

「寝てても夢の中で考えてるんかもしれんなぁ」

そこから優しい表情で語りはじめる。

「みお、お母さんはちゃあんとあんたのこと考えてるんよ。あの子、たしかにそう言ってたんやから」

呆れに似た怒りがこみあげてきても、

「わたしはあれがいいの」

という言葉は喉からでてこなかった。二人の陰性の圧力に言葉は喉の奥に押しこまれていくだけだった。

それは毎年のことで、今年もしかたなく、わたしは吐息だけをなんとか絞りだしてロウソクの炎を吹き消した。

自分の部屋に戻ると、鞄の横に添えられた紙袋の中に手を突っこんだ。中からランニングシューズを取りだして、窓へと近づく。

静かに窓を開けて外へ手を伸ばして、ランニングシューズを地面にそっと置く。窓際に積んだ百円玉から一枚取って、それを結わえた髪で包んでお団子へアーにする。窓を跨ぎ、ランニングシューズに着地する。

雲から月が見え隠れして、心地よい薄暗さだった。庭から裏口に回って道路にでる。雨はとうに上がったというのにアスファルトから雨の匂いがした。

堤防の階段を登って中段まできたところで腰かけて若葉にメッセージを送る。既読はつかなかった。堤防を登って、ベンチ裏の草陰に携帯を裏返して置く。堤防の真ん中でアキレス腱を伸ばして、そこからゆっくりと駆けだした。

ふっふっふっと息を吐きながら走ると、横隔膜が腹を揺らす。内臓にこびりついているものが染みでてくる。

光差す父の頬、祖母の甘ったるい声。

息を吐くたびに染みでてきて、二人が一つの塊になった時、

「おぇっ」

堤防の脇の草むらに嘔吐した。

吐物はビューッと飛びでて、その吐物に引っぱられるように吐き気がさらにこみあげる。腹の底がぎゅっとしまると、吐物が続けて口からでた。

数回吐いてから、堤防の端へと歩きだした。堤防から道路へと繋がる小道に入ると、煌々（こうこう）と光る自動販売機に虫が集（たか）っていた。お団子ヘアーから百円玉を取りだして、水を買って口を漱（すす）ぎながら、堤防へと戻った。

ベンチに水を置いて、鼻で大きな呼吸を続けて、冷たい夜気を身に染みこませていく。徐々に呼吸は大きくなって、最後に特別大きく夜気を吸うと、勝手に体がゆっくりと前傾していく。反動で吐かれると同時に脚が前にでる。

そこからは自動的に脚が振り子のように交互にでていく。どこにも力を入れてないからだった。呼吸に任せることができれば、あとはお尻も脚も腕も、体の全てが振られるだけなのだ。

〝高梨のフォームが一番綺麗だ〟

陸上部顧問の声がどこからか再生される。

〝力みがなくて、滑らかだろう〟

部室に集まった部員たちの前で、ビデオの中のわたしを指差す。それはそうだ。母がいるから、わたしはいつでも空っぽになれる。

部員の走りがぎこちないのは、彼女らの母はうるさくて話なんか聞いてくれないんだろう。悪態をついたら、怒ってくるに違いない。

走り方を見ればわかる。みんな、脚の付け根とか、背骨の真ん中、首や肩回りが詰まっていた。誰にも話せない沢山の硬いしこりで。


〝顧問は色白びいき〟

〝あのおっさんと高梨できてるらしい〟

〝高梨はおっさん好き〟

〝小学生のとき、あの子一重やったけど〟

〝埋没？　切開？〟

学校のＳＮＳには嘘ばかりが連なっていた。

どうやら、周りに話を聞いてくれる人がいなくなって本音を言えなくなった人は、かわりに嘘が簡単に言えるようになるらしい。

みんながわたしにゴミを投げつけてくるのはしかたなかった。空っぽのものを見れば、そこにゴミを投げ入れたくなる。それは当たり前のことだった。

でも、わたしは他人のゴミ箱になる気はない。若葉のような、心にしこりのない、すっきりとした子とだけ付き合っていければいい。

次第に頭が白くかすんでいく。頭の隅から顧問も部員も父も祖母も若葉もいなくなっていく。

すると、体の力はさらに抜けて、呼吸はますます深くなる。頭は明け方みたいに白んでいき、その中から、白い粒々の親戚たちが浮かび上がってくる。

〝つまり、植物人間やな〟

〝みじめや。自分の子供抱いてるのもわからんで〟

〝わたし、今のおばちゃん怖い。なんか吸いこまれそうになるん〟

〝中が空っぽやから、せいらちゃんを吸いこもうとしてんちゃうか〟

〝みおちゃん、かわいそうに。あれやったら、片親のほうがましやで〟

〝このままやったら、再婚もできへんやないか〟

胸も広く開きだして、ふいごみたいに膨らんでは縮む。頭の中の親戚たちも膨らんでは縮んで、やがて白くかすんで消えていく。胸の中の生温かい気持ち悪さも涼しい夜気に置き換わっていくと、胸の伸び縮みも脚のリズムに同化していく。

頭が真っ白になって何も考えられなくなって、胸も空っぽになって何も思わなくなって、ただ呼吸だけが続く。

呼吸の底に力が集まってくる。

存在しているという確かな感覚。

流れる景色の中でただそれだけを感じていると、不意に母の顔がサッと目の前をよぎった。

「あっ」

自分の体につまずいて、動きの全てがちぐはぐになる。

すぐに歩きだし、やがて立ち止まってしまった。反動のように呼吸があがって、ぜぇぜぇと苦しくなる。わたしは膝に手を当てて、ただただ呼吸を続ける。

時おり体験するこの現象を、わたしはいつも摑みそこねていた。日常の軋轢（あつれき）や植物状態の母を持ったこと、そういったことのもっと奥にある、これは一体何なのか。

白んでいた頭に像を結べるようになって、ようやく自分が何につまずいたか、むずむずとわかりはじめる。

もしかして、母は……

何も考えられない、何も思うことができない母は、もしかしたら、こんな生の連続に生きているのではないか。息だけをして生きる、この確かな実感の連続に居続けているなら。

すると、頭が思考を取り戻しはじめ、胸が熱くなってくる。

わたしは頭を振って夜気を胸に大きく吸いこんでから、息をぐっと抑えて姿勢をまっすぐに起こして無理やり走りだした。

振りだされる脚、揺れる肩甲骨、波打ちはじめる背骨。そんな感覚も、走るため、ただ一心に呼吸をするうちに、すぐに呼吸に溶けていく。頭も真っ白に、胸も空っぽになって、ただ呼吸そのものになる。呼吸がわたしの底に触れると、他はなんでもなくなる。ただ存在しているだけになる。

とうとう息が上がって、わたしはのたうつように堤防に座りこんだ。砂利がお尻に食いこんでも、息を継ぐので精いっぱいで痛みも気にならない。

あぁ、間違いない……間違いなかった……


呼吸がゆったりしてくると、やがてわたしの底の存在感が全身にじんわりと広がっていく。温泉に入ったみたいに、呼吸のリズムで喜びが染みていく。

もし、母が、呼吸以外、何もできない母が、こんな充実した今を生きているなら。

母はかわいそうじゃない
みじめじゃない
空っぽなんかじゃない

涙が自然と垂れてくる。

わたしもまた母のことを勘違いしていたのかもしれなかった。

草むらがぽうっと光を帯びていた。光る草の前で屈むと、置いていた携帯が光っていた。

若葉からの着信だった。メッセージには陸上部をなぜやめるのか、やめたら毎日一緒に帰れるといった言葉が並んでいた。

電話を掛けなおそうとした瞬間、若葉の名前が違う画面に上書きされる。

「みお、あんた、今どこおんの？」

「堤防の自販機」

「なにしてんの、夜中やで」

「喉渇いたから」

「うちにお茶あるやないの」

しばらくの沈黙の後に、祖母の優しい息継ぎが聞こえてくる。

「いまな、吉田さんから電話あって。みお、お母さんの耳にピアス開けたん？」

「……開けたけど、何」

「わかった。いいから、とりあえず、はよ帰っておいで。鍵開けるから、玄関から入っておいで」

携帯を切って堤防を降り、アスファルトの舗道へと入った。家に近づくにつれて、どこからか話し声が聞こえてくる。

家の二階からオレンジ色の光が漏れていた。わたしは裏手に回って、家の壁沿いを歩いていった。ベランダに近づくにつれて父の上機嫌な声が聞こえてくる。どうやら、わたしがこっそり家を抜けたことは父には伝わっていないようだった。

そのまま二階のベランダの真下まで進み、そこで息を潜めて見上げた。ベランダからは父の声と煙草の煙が漏れていた。

目を閉じて聞き耳を立てると、ぼやけていた声の輪郭が研ぎ澄まされて、会話の内容がくっきりと伝わってくる。汗がじわりと背すじから湧きでてきた。

母のように、何も考えず何も思わず、呼吸だけをしていたい。

植物のように瑞々(みずみず)しく生きてみたい。

しかし、胸のなかには一層苦しさが渦巻いていく。

追い払うように、肋骨(ろっこつ)の前面をトントンと叩いた。ふっと表面だけが埃(ほこり)のように夜の空気に舞って、胸にはいまだ塊があって、しとしとと燃えている。

母に会いたい。もたれかかって首の皮脂の匂いを嗅ぎたい。

いや、これからは耳たぶのピアスから漏れる血と肉の匂いを嗅いで、唇の先に冷たい銀の感触を感じながら報告したい。

〝この前な、お父さん、浮気してるって言ったやん〟

ここ最近、立て続けに起きている誰にも言えない嫌なこと。

〝それ、会社の子でな、莉子(りこ)っていうねんて。さっきまでお母さんの話、機嫌よく喋ってたくせに、ちょうど今、ベランダで、莉子は、莉子は、ってその子と嬉しそうに電話してるわ〟

陸上部の先輩に妬まれていることや、ＳＮＳの掲示板でターゲットになっていること、父の浮気。

〝その人、お父さんと結婚したがってるねんて〟

それらを逐一、母に報告したい。

〝しかも、おばあちゃんもその人に会ったらしい。お母さんいんのに、二人ともどういうつもりなん〟

そして、この胸に渦巻いているものをそのまま母に押しつけたい。周囲から来るもやもやを母に思いっきりぶつけたい。

しかし、玄関の前で立ち止まってしまう。もう今日までのように母に全てを言えないかもしれない。そんな予感が鳩尾に生まれつつあった。

玄関の磨りガラスの向こうから灯りが漏れていて、影がちらちらと光を遮っていた。

3

大学を卒業して隣町の役場に勤めだしてから、病院に通う頻度がめっきりと減った。週に一度くらいになって、そのせいか来るたびに駅前と病院は変化していた。

駅前は大規模な区画整理で様変わりして、駅のロータリーから信号なしで病院に繋がる太い道路ができた。病院の途中にあった、蕎麦屋「山橙香」も隣の駄菓子屋もその道路にのみこまれてなくなった。

建て増しに次ぐ建て増しでごちゃごちゃしていた本館は完全に取り壊され、跡地には地域の中核病院にふさわしい、屋上にヘリポートのある十階建ての病院が建った。院内には以前あったようなキオスクみたいな売店もなくなり、かわりにコンビニが入っていた。本館のすぐ横では新しい救急医療センターの建設も始まっている。

わたしは駅からその新しい道を歩いて、正面玄関に入った。三基あるエレベーターの一つに乗りこむと、止まることなく一気に七階まで上がった。ドアが開くと、目の前のナースステーションには知らない看護師ばかりが溢れている。その中で白髪の医師が看護師たちに指示をだしていた。

面会届を書いて廊下を歩くと、大きなガラス窓から地元の町が見える。ぽつんと離れた先、堤防の少し前あたりに実家も見えた。

床にはシミ一つなく、窓から差す光をそのまま反射している。病室の前を横切るたびに患者と看護師の活発なやりとりが聞こえてくる。

奥から二つ目の病室に入ると、四つあるベッドの右奥は空っぽだった。リハビリを始めるにはまだ時間がかかると先生が言っていたばかりで、いったいどこへ行ったのかとわたしはベッドサイドで立ったまま首を捻った。ベッドにはつい先ほどまでいたと思われるお尻の凹みが残っていた。

「みおちゃん、久しぶり」

隣のベッドを振り返ると、

「あっ……」

隣のベッドでは看護師が食事介助をしていた。彼女はスプーンを食膳に置くと、微笑みながら振り返った。

「佐藤さん？」

「そう。いつぞやはお世話になりました」

「いえいえ、こちらこそ、あの時は母がお世話になりました。あっ、出世している」

佐藤さんのナースキャップには当時の吉田さんと同じ横線が入っていた。

「おかげさまで主任になりました。みおちゃんに食べさせかた、教えてもらったおかげかもね」

佐藤さんが微笑むと目尻に皺が細かく入る。

「高校の時以来かな。十年ぶり？」

指を折っていく。

「そうかも。また後で話しましょ」

佐藤さんは食膳からスプーンを拾うと、

「ついさっき、でていかはったよ。売店行くって」

スプーンで空のベッドを指した。

「そんなに回復してるん？」

「そうみたい。まだ一応車いすやけどね。押しますよって言っても、もう一人で大丈夫って」

「頑固なとこあるから」

「元気でいいこと。リハビリ必要ないかもね」

踵を返して病室をでると、廊下は少し薄暗くなっていた。

エレベーターで一階まで降りると、待合ホールは会計と薬待ちの患者らで混みあっていた。間を縫って、奥のコンビニに立ち寄ってみたが、売店にはギプスを巻いて立ち読みしている若者と、お菓子を買いこむ中年男性しかいなかった。

売店の裏側に回って、ひっそりとした心療内科外来へと抜け、そのまま人が誰もいない検査部の前を通り過ぎる。そのころには待合ホールのガヤガヤとした声も聞こえなくなって、検査部のガタゴトという機械音だけになる。

裏手の自動ドアを抜けて、トタン屋根の外廊下を進んでいくと、「神経内科慢性期病棟・別館」と立て札がある。鯉の背びれがゆらゆらと見える池をぐるりと回って、そこからは木造の渡り廊下に切り替わる。

古木の匂いがして、そういえばいつからか裏口から出入りするようになって、この橋を渡ることもなくなったと懐かしい気持ちになる。木製の橋は同じ匂いを放っていたが、よくみると一部には黒いカビが生えていた。

持ってきたスリッパに履き替えて、別館へ足を踏み入れる。本館や医療センターが新しくなっていっても、奥の別館だけはいつまで経っても手がつけられないままだった。みんなに忘れられたように、そのままの格好で老朽化していた。

病棟に入って、病室を横切りながら奥へと進んでいく。大部屋に一人か二人しかおらず、まばらな病棟は人の気配が薄かった。ナースステーションの受付には人がおらず、奥で看護師たちが申し送りをしている。

病室に入ると、奥の右手のベッドにはカーテンが引かれていて、ぼそぼそと声がする。向かいのベッドサイドには、みぃさんが座っていて、電気シェーバーをあっ君の顎に当てて、ゆっくりとスライドさせている。

高校生からあっ君はみるみる髭（ひげ）が濃くなり、みぃさんは数年前にT字カミソリからシェーバーに替えた。今では張りでた喉仏の間際まで青かった。

勉強もせず働きもせず、紫外線に当たることもないというのに、あっ君は同年代より老けてみえた。ただ存在するということがいかに大変か、それに耐えられないから、みんな勉強したり働いたりするのかもしれなかった。

「ひさしぶりやね。二週間ぶり？」

「うん。ようやく産休はいってん」

みぃさんは電気シェーバーを終えると、ゴミ箱の上でコンコンと髭を落とした。

「どうしたの。じっと見つめて」

まだT字カミソリで髭を剃っていた時、みぃさんに一度あっ君の髭を剃らしてもらったことがあった。後にも先にも他人の髭を剃ったのはそれっきりだ。

「懐かしいなって、いろいろ思いだしててん」

わたしが高校生の夏休み、みぃさんに宿題を教えてもらっている時にそれは起こった。あっ君の咳払いにわたしとみぃさんの時が止まった。今まで喉から頭に抜けるような、乾いた高音だった咳が腹に響く低音に変わっていた。テキストをのぞきこんでいた顔を上げて、みぃさんと顔を見合わせたのを憶えている。そこから、呻き声や独り言も太いものに変わって、喉仏もでてきたのだ。

「声変わりとか」

「あぁ、みおちゃんと一緒にいた時やね。懐かしいなぁ。もう七年前？　八年前？」

「そう、それくらい前の夏休み。お母さんにアトピーではじめた年やったかも」

それくらいから、みぃさんは派手なメイクと原色のTシャツをやめた。メイクなしだと優しい熊のような素顔をしていた。それ以外にも変化したことがたくさんあった。あっ君の手を揉むこともなくなって、あっ君の手は数年前から握られたままになり開くことはなくなった。教授回診の際に廊下にでてきて、そのまま散歩に行くこともあった。

なにより不意にあっ君が目を開けても、みぃさんはただ微笑むだけになった。腰の位置をこまめに調節することもなくなって、あっ君もすぐにここの人間らしい猫背になった。

「旦那さんは？」

「今、地方に出張。おらんほうが楽やわ」

「今の時期はそうなんかもね。子供産まれたら、変わってくるんじゃないの」

少し張りだしはじめた下腹部をみぃさんは撫でてくれた。こんな風にあっ君も毎日撫でてもらっていたのだなぁと、あっ君の手を見つめた。握りしめられた拳は大きくて角ばっている。

「あっ、来てはるよ」

つられるように最近少し猫背になったみぃさんは細眉を上げて、向かいのカーテンに視線をやった。

カーテンに首をつっこむと、車いすに座った祖母が母の手を握りしめていた。

「おばあちゃん、大丈夫？」

祖母は振り向いて微かに頷いた。

「七階から一人で来たん？」

「そうや」

わたしは車いすをゆっくりと押していき、わずかに空いていた祖母と母との隙間を潰した。

「ありがとう。これで届くわ」

祖母は手を伸ばして、

「えらい白髪増えてきて」

母の頭を撫でる。

「お母さん、末期のがんやって？」

「そうみたい」

母の胸のレントゲンに影が見つかったのはつい二週間ほど前だった。一年一度の定期検査の胸部レントゲンで母の肺に十円玉くらいの白い影がポツポツと写っていた。

そこからすぐに様々な検査が追加され、その影が肺癌だとわかった。しかも、それは他から転移してきたもので、大腸にはもっと大きな癌が見つかった。

結局、癌は全身に転移していて、ちょうど祖母が集中治療室で心臓病の治療を受けている時に、わたしは父と共に主治医から母の余命を伝えられた。

「一年もてばいいほうやって」

「なんで二十何年も病院おって癌を見落とすんや。医者は何してたんや」

祖母は何度も何度も母の頭を撫でる。

「娘に先に死なれとうないわ」

祖母は心不全で入院してから、みるみる痩せていった。痩せたほうが心臓にいいらしく、病状としては回復しているようだったが、傍目(はため)からは一気に老けこんだ。

「今日は大丈夫？」

「最近は発作ないんよ」

集中治療室から一般病棟の七階に移った後も、祖母の心臓は時おり、若い馬のように勝手に走りだした。そうなると、ベッドで座っていても祖母はぜぇぜぇと百メートルを全力疾走した後のように息を切らし、唇を真っ青にして、鼓動が落ち着くのを待つのだった。

「おばあちゃん、最近もお母さんの夢見るん？」

「ときどきね」

「お母さん、なんか言うてた？」

「最近、お母さんね、夢の中でも黙ってるんよ」

「そっか」

祖母は母の頭から手をおろすと、そのまま車いすに置いたわたしの手に皺だらけの手を重ねてきた。

「話してもくれへんし、目もいつも白目や。頭にも白髪混じって、今のお母さんとまるっきり一緒や」

「夢の中ぐらい話してくれてもいいのにね」

「みお、二十五歳？」

「うん、今年で」

「なら、みゆきも今年で五十か」

「せやで」

「じゃあ、しょうがないんかもな」

「なにが」

「お母さん、二十五歳で病気なったやろ。あれから、もう二十五年経ってん」

「うん」

「二十五歳までのお母さんの思い出な、この二十五年で全部使ってもうたんかもしれん。もうどこにも残ってないんやわ。だから、最近元気なお母さんうまく思いだされへん。夢にでてくるお母さんも全部、首を左に捻じってるしな」

祖母は首を横に振ってから、母の手を握る。

「話すと、ふぅー。息、切れるわ」

ぜぇぜぇとした呼吸をしだした。

「病室かえろ」

車いすを引いて百八十度ターンした時、みぃさんは病室にいなかった。祖母は横を向いて、あっ君を眺めた。

「おおきぃ、なりやったな」

「うん」

さらに九十度ターンすると、今度は車いすの上で祖母は左を向いてから右を向いて、

「この人ら、わたしらが、ふぅ。来た時から、ずっと、こんな感じで、座っててなぁ」

掠(かす)れた声を絞りだす。

「はじめは、四人、やったけど」

「うん」

小学生の時に隣にいた首呼吸のお爺は死んだが、残りの三人はいまだ健在だった。前より痩せたり、歯がなくなったりといろいろあっても、今も元気にご飯を食べている。

「はじめて、見た時、びっくり、したわ。ふぅー。もう、数十年も、前から、ずっと、この人ら、こうして、座ってたんか、って。わたしが、結婚して、みゆき産んで、育てて。その間も、ふぅう。ずっと、こうやって、座ってたんかって」

「ほんまやね」

「そんで、あれから、また数十年、経ったけど、ふぅー。まだ、おんなじ、ように、座って

る。むかしは、なんか、かわいそうに、思ったけど。ふぅ。今は、なんか、たいした人らやなって」

左右のベッドから、昔と変わらぬ呼吸音が聞こえてくる。

わたしが生まれる何十年も前から、ここで座って、毎日毎日ただただ呼吸をしている。生まれる前からは無理にしても、わたしが生まれてからの二十五年ならば、とわたしはそれを想像してみた。

わたしが幼稚園で駆け足している時も、小学生になって近所でザリガニを釣っている時も、中学生になって陸上部でグラウンドを駆けている時も、高校で彼氏ができて自転車の後ろに乗せてもらっている時も、大学生で今の夫と出会って父と祖母に紹介している時も、社会人になって役場で働いている時も、そして、わたしが今日七階に行ってからこの病棟へ歩いている時も。

毎年、毎月、毎週、毎日。

毎時間、毎分、毎秒。

毎瞬間。

その瞬間瞬間、ただ呼吸をして呼吸をして、そして、とうとう、今ここに辿りついている。

この人たちはただただ在って、そして、今も在り続けている。

わたしは車いすから手を離し、祖母の首に後ろから抱きついた。

「めまいしたわ」

瞬間瞬間に生きる、それの途方もない繰り返しにくらくらとしてくる。彼らのなかに一つの宇宙でもあるかのようだった。

「吸いこまれて、もうたか」

祖母の声にようやく地に足がつく。

「うん」

わたしは頷いて、

「せやわ。立派やわ、この人ら」

車いすのグリップを握りなおした。

「でも、怖い。わたしにはとうてい無理やわ。呼吸だけして生きるなんて」

グリップの硬い感触に安堵した。

「子供の時は、なんも怖くなかったのになぁ」

「子供の、時から、みおは、ここが、一番好き、やったもんな」

「うん。むしろ、それが嬉しかってんな」

体をぶるっと震わせてから、

「さぁ。もう、いこ」

車いすを押しはじめる。

「まさか、この人らより、ふぅーふぅー。わたしが、先に、死ぬとは、なぁ」

「なに言うてんの。おばあちゃんまで引っぱられんとって」

廊下を抜けて、木橋に差しかかると、

「懐かしいなぁ」

と祖母は元気な声をだした。

木橋の中ごろまで進むと、わたしも息が切れて立ち止まった。

窓からは田川が見えた。夏の陽射しで田川は干からびそうなほど水量が少なかった。排水口から田川に滴がぽたぽたと落ちている。

蟬(せみ)の鳴き声に低いものが混じってきたと思えば、それは自分のポケットからだった。

「あっ、たぶん莉子さんからやわ」

車いすにストッパーをかけて、携帯を取りだす。

「もしもし」

「あぁ、みおちゃん。今、駅前のパーラーやねんけど、差し入れ、巨峰かマスカットどっちがいい?」

「ちょっと、待ってな」

祖母は少し苦しそうな息をしていて、何も食べれなさそうだった。

「うーん、マスカットかな」

「はぁい。じゃあ、あと十分くらいしたら行くね」

「うん。七階の病室で待ってるわ」

電話を切ると、

「りこちゃん、もう来る？」

祖母は顔を振り向かせた。

「うん。マスカット買ってきてくれるって」

「そうか」

「病室かえろ」

わたしは車いすをゆっくりと押しはじめた。

「なぁ、おばあちゃん」

「うん」

「いつになったら莉子さんとお母さん、会うんやろ」

今では高梨家とすっかり仲良くなった莉子さんも、母とは会えないままだった。

「なんで、お父さんは嫌がってるん？」

「知らん」

理由はわからないが、父は莉子さんを母に会わせるのを憚(はばか)っているようだった。莉子さんも父の気持ちを汲(く)んでか、母の話題になってもにこやかに聞くだけで、母に会いたいと漏らすことはなかった。

同じ病院に母が入院しているのを知っているはずだが、莉子さんは七階の病室まで祖母を見舞いに来ても、母のことに触れたりしなかった。

「会わせたくないって、なんか、まだ完全に割り切れてないみたいやん」

「完全には無理や」

祖母は妙に実感のこもった声を漏らす。

「きっと、どっかでな。会わせた時に目ぇ覚ましたら申し訳ないなって……」

それは幼いころに聞いたことのある声色だった。そこから祖母は俯いてしまって、車いすが急に重くなったような心地がした。


二か月後、わたしは祖母の二階下の産婦人科病棟で出産した。

仕事を早退して駆けつけた夫と父、そして、七階から車いすで降りてきた祖母が廊下で待つなか、わたしは産気づいてから僅か五時間で遥香を出産した。

祖母の心臓病はくすぶり続けていたが、遥香が生まれると祖母は見違えるように元気になった。わたしは五階の産婦人科病棟から、祖母は七階の循環器病棟から、母の病室へと通った。病室で母に遥香を抱かせた時などは、「四世代揃い踏みや」と話す祖母の声にはかつての張りが戻っていた。

しかし、数週間すると祖母の心臓は徐々に弱っていって、声はふたたび掠れていった。退院したわたしが七階の病室を訪れると、祖母はいつも酸素を吸って横になっていた。

遥香が生まれてそういった目まぐるしい一か月が過ぎた頃だった。

午後に病室を訪れると、祖母はベッドを起こして酸素を吸っていた。いつもシューッと聞こえてくる酸素の漏れ音や、ぜぇぜぇといった息遣いもなかった。

「みお、お母さんとこ連れてって」

祖母はわたしの顔を見るなり、ナースコールを押す。

午前から調子が良かったようで、お見舞いに行く許可はすでに下りているようだった。ベッドの脇には車いすが用意されている。祖母は自分の脚で中腰になって、そのますとんと車いすに乗りこんだ。

「あぁ、みおちゃん」

呼びだされた佐藤さんは酸素ボンベを担いでいた。

「だいぶ痩せたねぇ」

「そう。娘に全部栄養持っていかれたん」

佐藤さんは話しながら車いすの後ろのポケットに携帯用の小さな酸素ボンベを積むと、祖母の両鼻に酸素チューブを着ける。

ボンベの前に屈みこんで、

「一時間くらいは持つかしら」

残量に目を凝らす。

「みおちゃん、よろしくね」

「はーい。顔見に行くだけ。すぐ戻ってくる。な、おばあちゃん」

すると、祖母は満足げに頷いた。

廊下をでて、エレベーターに乗りこむと、祖母は階数表示をじっと仰ぎ見る。一階に着くと、

「あぁ、うれし。地上ひさしぶりやわ」

体を上下に揺らした。売店により、花を買って病棟に着く頃には祖母の息が少し荒れはじめていた。

「あんまり残量ないね。ここにいる間は、こっちに付け替えとこ」

吉田さんは酸素ボンベを閉じて、かわりに病室の壁に設えられた酸素器にチューブを付け替える。

祖母は頭を下げると、そこから母をじっと見つめだす。わたしはしおれはじめた花が活けてある花瓶を持って、カーテンをでた。

トイレで古くなった花を新聞紙で包んで、花瓶を洗っていると、

「みおちゃん、こっちで花捨てたげる」

検尿コップを持った吉田さんに袖を引かれた。

「こっちで休み」

ナースステーションの中に入り、中央の大きなテーブルを抜けて、奥の控室へと連れられていく。

奥の控室はかわらずこざっぱりしていた。変わったのはボロボロだった革のソファが新しい大きなものになっていることだった。

「あぁ、背もたれあると楽やわ」

ソファにもたれかかると、壁に貼られた写真が目に入る。壁には昔の病院の写真が貼られていた。

「すぐ息切れるわ。脚に力入りにくいし」

「差し入れあるよ。産んだ後はとにかく食べないと」

「うん。何食べてもおいしいわ。つわりひどい時は何食べても喉通らんかったのに」

病院の写真を見つめながら、差し入れのフィナンシェを平らげていく。昔の病院が懐かしかった。建て増しのごちゃごちゃとしたあの病院で、母はわたしを産んだのだ。

「吉田さん、出産する時な、痛すぎて変な感覚にはまったりせんかった？」

「変な感覚？　えー、どうやろ。痛かったっていう記憶しかないわ」

「そっかぁ。わたしな、出産する時にな、なんていったらいいんやろ。陣痛の一番ピークの時に、あまりに痛すぎて頭がぼんやりしてきて、そっから、なんも、考えられへんし、なんも思わんくて、あと痛みも気にならなくなって」

「鎮静剤とか使ったんちゃう？」

「うぅうん。後で看護師さんにきいてみたけど、使ってないって」

「そうなん」

「だから、わたしな、植物状態なったんかもって」

吉田さんは目を丸くして驚く。

「それでな、そっから、痛みが引いてもその感覚がずっと抜けんかってんけど、遥香が生まれてきて、大声で泣いた瞬間な、ハッとなって戻ってこれてん。これって、どっかでお母さんのこと気にしてたんかな」

「そうなんかもね」

「それか、遥香が植物状態で生まれてくるかもしれんって、思ってたんかも」

吉田さんは顔を捻って、うーんと漏らす。

「でもなぁ、わたしでそう思うってことは、お父さんとかおばあちゃんは絶対心配してたはずやわ。おんなじことなったら、どうしよって」

「せやろねぇ」

「だから、生まれた時にな、夫なんて一目散に遥香のほうへ行ったのに、お父さんとおばあちゃんは遥香見る前にわたしの顔見てきて、しばらくわたしから離れへんかったもん」

誰かを探す足音と共に、

「あぁ、みおちゃん」

介護士の中野さんが顔をだす。

「お邪魔してます」

「ゆっくりしてってね。あの、吉田さん、七階から電話で高梨さんの酸素大丈夫？ってー」

「こっちに付け替えてるから大丈夫。もうすぐ戻りますって言っておいて」

「はーい」

わたしはフィナンシェの残り半分を口に放りこんで、

「じゃあ、そろそろ病棟帰るわ」

ソファから立ち上がった。

「あぁ、お腹おもなったら、脚に力入るわ」

「残りも持っていき」

「遠慮なしにもらお」

病室へ戻ってカーテンをのぞくと、祖母は先ほどと同じ格好で母を見つめていた。ただ、自分の鼻に着けていたチューブを母に着けていた。

「酸素なしで大丈夫?」

祖母は息を切らすこともなく、しっかりとした目で母を見つめている。

「肺に癌あんねやろ」

「うん、けど酸素は必要ないって」

「あるようには見えへんのにな」

わたしも母を見つめた。末期癌と診断されたというのに、母は何も変わらなかった。顔色も変わらず、痩せもしなかった。肺にいくつもの癌があるというのに酸素も必要なかった。

「大腸にもおっきな癌あんねんて。さ、帰ろう」

わたしは母の鼻からチューブを取って、祖母に着けかえる。フィナンシェが詰まったビニール袋を車いすのポケットに捻じこんでから、タイヤのストッパーを外す。

車いすを引くと、祖母は入れ歯のお婆を指差した。

「横によせて」

祖母の言うままに、わたしはベッドサイドに車いすをつけた。入れ歯のお婆は痩せぎすになって、目も鼻も口もすっかり落ち窪(くぼ)んでいた。骸骨(がいこつ)が皮をまとっただけで、ミイラのようにも見えた。

しかし、耳を澄ますと細く長い息がたしかに聞こえてくる。祖母は大きな息を吐くと、そこから両手を合わせて目を瞑る。それから、皺々の手をすりすりと擦(こす)りあわせて拝みはじめた。

「なに頼んだん？」

四十代で亡くなった祖父のためにお経を朝晩あげつづける祖母を見て育ったが、こういったことをきいたのは初めてだった。

「ただ拝んでるだけ」

祖母はそう答えると、太鼓腹のお婆と修行僧のお爺にも同じように拝んでいく。まるで彼らが生き仏でもあるかのように両手をすり合わせて、祖母は無言でお経を誦えていた。

その晩、家から呼びだされて父と病院に駆けつけた時には、祖母は七階の病室から集中治療室へと運びこまれていた。

祖母は目を閉じていて、すでに意識はなかった。枕元のモニターには三桁の数字が点滅していて、祖母の心臓が一分間に二百回以上拍っていることがわかった。

祖母の口元がもごもごと動くと、酸素マスクが白く濁る。

「なんか呟いてるわ」

酸素マスクに耳を近づけると、シューッという酸素が流入する音に微かに、みゆき、みゆき、とくぐもった呼び声がする。

「お母さんの名前呼んでる」

父と顔を見合わせると、

「最後に深雪に会いたいんちゃうか」

父はパイプいすから立ちあがる。

「連れてこれるか、きいてくるわ」

「待って」

「なんや」

父はカーテンから出て行こうとする足を止めたが、体はそのままで顔だけを向ける。

「お母さんの夢見てるんかも」

「どうゆうことや」

「おばあちゃんな、最近元気なときのお母さん、うまく思いだされへんって言うてたん。お母さんの夢見てもな、首が捻じれて白目のお母さんしかでてこぉへんねんて」

「そうか……」

「でも、発作が起きて、勝手に心臓、速く動きだして、息ぜぇぜぇして、視界が真っ白になったらな、その時にだけ、昔のお母さんが思い浮かんでくるねんて。その時は必ず、笑ったり、怒ったりする昔のお母さんやねんて」

「じゃあ、今は」

父は体を返して、モニターに正対する。モニターには真っ赤な数字で２３１と表示されていた。祖母はみゆき、みゆきと温かい息で酸素マスクを曇らせている。

「たぶん、おばあちゃんが一番会いたいお母さんに会ってるんやと思う」

「わかった。じゃあ、呼ばんくてもええねんな」

「うん、いいと思う」

父はパイプいすに座ると、じっと祖母を見つめた。

「だんだん、思いだされんくなってる。昔は思いだしてばっかやったのに」

「そうなんや」

「そうやねん」

「心臓が絞りだしてるんかも。体のどっかに埋もれた昔のお母さんを、無理やり掘り起こしてるんやわ」

祖母の心臓はハイペースで走り続けている。

「それやったら、ええな」

「うん」

「おれな、この数か月、近くでおばあちゃん見てててな、勝手に心臓速く動いたりして、大変やなって思ってたけど」

「わたしも。だって、何も思ってないのに、勝手に心臓ドキドキするん。なんか、嫌やわ。自分の気持ちと関係なく動く心臓って厄介やわ」

「そやろ。だから、難儀な病気やなって思ってたけど。もし、元気な深雪に会えんねやったら、悪くないな」

父の焦点がずれた目つきは久しぶりだった。

「おれも久しぶりに走ろかな。もう何年も走ってないから、息切れたり、心臓バクバクしたりしてないな」

「やめてよ。急に走って、アキレス腱切れたり、心臓止まったりしたらどうすんの」

「大丈夫やろ」

「タバコとかお酒やめてからにしてよ。先生にもやめろって言われてるやろ」

わたしはパイプいすにへたりこんだ。モニターのアラーム音だけが聞こえてくる。祖母の手を握って、自分の頰に合わせた。

「落ちてきてるな」

父の声ではっとなって、モニターを見る。心拍数は二百から百八十、百五十と目減りしていく。あっという間に百を切って、止まることなく三十くらいまで落ち続ける。そして、次の瞬間に連なっていた心電図の山形は垂直に落ちて、そこからぷつんと途切れ、心拍数はゼロになった。

すると、先ほどまで忙しかったモニターは一気に静かになって、同時にせかせかと動いていたわたしの心臓も落ち着いていった。

そうして、遥香が生まれた一か月後に、祖母は念願かなって母より早く亡くなった。

産褥(さんじょく)期に祖母が亡くなったこともあり、ふたたび体力と気持ちが落ちたわたしも祖母の葬式が終わって数週間した頃から、少しずつ気持ちも体も上向きはじめた。

その日も、遥香を夫の実家に預けて、わたしは夕方過ぎから一人で寝入っていた。深夜すぎに目が覚めて、水を飲みに真っ暗なリビングへ入っていった。テーブルには食べかけのカップラーメンが置きっぱなしで、父は帰ってきてすでに寝ているようだった。

すぐに寝床に戻ったものの、二度寝するには腰が痛くて寝られそうになかった。一階をうろうろとしてから、最後に仏間に行きついた。

部屋に飾られた祖母の遺影を見上げた。四十九日まであと一週間を切っていた。法事のあとに近くのレストランで親戚らと食事の予定だったが、父はレストランに一週間前の予約確認の電話をしたのだろうか。

そんなことを考えている時、ふと仏壇に祀（まつ）られた祖母の遺骨に目がとまって、わたしは急いで骨壺（こつつぼ）を抱えて家をでた。

湿気（しけ）た風が強く吹いていた。道路は乾いており、雨が降っていた様子はなかった。駐車場の電気をつけると、昔乗っていた自転車が奥にあった。父が整備して乗っているのか、どこにも錆（さび）はなく、タイヤにも空気が詰まっている。

前カゴに骨壺を入れて自転車を漕ぎだした。トンネルに近づくと、強い風にあおられたが、深夜の車道に車は一台もなく、トンネルの真ん中を漕いでいった。駅前のロータリーを抜けて土手に入ると、街灯が途切れて真っ暗になる。ガタガタの土道に自転車は揺れて、骨壺の蓋（ふた）がカタコトと鳴る。

青空駐車場に着くと、鍵もかけず自転車を横倒しにしたまま、裏口へと向かった。裏口のノブを握ると、ノブは回るものの押しても引いても開かない。わたしは骨壺を置いて、ドアの横に走るダクトの前に膝をついて、ぽっかり開いた排気口に手を突っこんだ。

鍵を取りだして裏口に差しこむと、裏口は昔と同じように開いた。中は真っ暗だった。骨壺を片手で抱えながら、携帯の灯りで一歩前を照らしていく。

ボイラー室にもリネン室にも灯りがなく、機械音は一切せずに静まっていた。幅の狭い階段をとんとんと上っていくと、自分の足音がやけに大きく響いてきた。上った先にあった下駄箱はもうなくなっていて、床には下駄箱の跡だけがあった。

病棟の廊下は薄暗くて、奥からナースステーションの灯りだけが漏れている。耳を澄ませても看護師のスリッパの音はどこからも聞こえてこず、わたしは忍び足で廊下を進んでいく。病室を通り過ぎる時に中をのぞいてみた。どの病室もドアが開いたままだったが、全てのベッドにカーテンがかけられていた。

ナースステーションには誰もおらず、巡回中の立て札が立てられていた。足音を潜めたまま、向かいの病室へ入っていった。やはり全てのベッドにカーテンがかかっていて、手前のデスクは空っぽだった。

右奥のカーテンを開けると、母が左を下にして寝ていた。

わたしは背中側から母を覆うように体を乗りだして、持ってきた骨壺を母の胸元に置いた。

「おばあちゃん、亡くなったん」

いつからか、わたしは母に全てを報告することができなくなっていた。公務員になれたことや、子供が生まれたことなど、良い報告はできても、父や夫の愚痴はとっくに言えなくなっていた。祖母が亡くなったことさえも、末期癌で苦しんでいる母に言うべきか迷っていた。

「報告遅れてごめんね」

骨壺を胸に擦りつけても母は何の反応もしなかった。蓋を開けて骨片を取りだし、母の頰に当てた。

「わかる？　おばあちゃん」

骨片を頰から唇まで滑らせていく。すると、母は唇を開けて骨片を舐めだした。

「食べたらあかん」

わたしは指に力をこめて、舐めとろうとする母の舌から骨片を守った。母はわたしの指ごとべろべろと舐め続けた。

かつてのよだれまみれの舌と違って、抗癌剤の影響で今はカスカスに乾いていた。舌のざらざらとした突起が指に感じられると、母が少しずつ弱ってきているのを実感する。

「おしまい」

骨壺に骨片をしまい、蓋を閉めた。

背中に気配を感じて、わたしは向かいのカーテンに入っていった。暗闇の中であっ君が横向きになっている。しかし、目は開いていた。

「おばあちゃん亡くなってん」

わたしは声を殺して息だけで伝える。

青年のあっ君は目を閉じることなく、力強い呼吸を続けている。骨片を舐めさせようかと思ったが、今のあっ君はなんだか本当に起きているようで、手を摑まれそうな気がした。

風が生け垣と建物の間にはまってしまったかのように、ガタガタとガラス戸を強く揺らしていた。

迷っているうちにガラス戸が大きく揺れて怖くなってきて、

「おやすみ」

わたしはカーテンからでた。

母は海老(えび)のように丸くなって、骨壺を抱えたまま寝ていた。目を開けることもなく、小さな寝息を立てている。布団をめくって、後ろから丸まっている母にぴたりとくっついた。

「最近、お母さんのことすっかり忘れてた」

毛量が減った頭髪から耳が透けて、ピアスがカーテンの隙間から漏れる光を拾って、わずかに鈍く光っていた。

「ごめん。ちょっと、疲れててん」

遥香を産んだ後に体力を落として奥歯が一本抜けたこと、役所でわたしを見つけては怒鳴る町民が一人いるから職場復帰したくないこと、夫が時々夜帰るのが遅くて怪しいこと、祖母が亡くなる前に母の名前を呼んでいたこと。

あとからあとから話したいことが湧き上がってきて、わたしはそのままの言葉で呟いていった。

気がつけば眠っていた。母の背中に頬ずりする。以前は柔らかかった背中から脂肪はすっかり落ちて骨ばっている。

この数か月のわだかまりがすっきりとしていて、

「話きいてくれてありがとう」

心地よく起き上がった。母は依然として丸まったまま、骨壺を胸に抱えていた。

そのまま一晩置いて帰ろうかと迷ったが、

「おやすみ」

結局は骨壺を持って病室をでた。

ナースステーションの巡回中の札はなく、かわりに吉田さんが座っていた。胸の前に抱えた骨壺を見ると、吉田さんは声をだす前にゆっくりと頷いて、ふたたび顔を落としてカルテを書きはじめた。

「深夜にね、初めて来たけど。やっぱり廊下とか怖いかも」

「誰もいないからね」

「吉田さんって、もうここに何年いるん」

「もう三十五年くらいかな」

「異動したりしないねんね」

定期的に本館のスタッフと入れ替えがあるなかで、吉田さんだけは異動することなく、ずっと留(とど)まっていた。

「十年目に一回異動したんやけどね」

「そうなん」

「ちょうどみおちゃんのお母さん来た時くらいかな」

「なんで戻ってきたん」

「もうね、ちょっと遅かってね」

「遅かった？」

「そう。ほら、ここにいる人らはちょっと、本館の患者さんとは違うでしょ」

「うん、そうやね」

「みおちゃんは生まれた時からやから、まだあれなんかもしれんけど」

「そうなんかも」

「いい職場なんだけどね。ただあんまりここに長いこといると、もう他では無理になってまうんよ」

吉田さんはカルテを書く手を休めて顔をあげる。

「佐藤さんとか、遠藤先生もね、ずっとここに居たがってたんよ。でもね、わたしみたいになったら、あかんからって」

「たしかに遠藤先生とか、みんな、ここにずっといたいって言うてたかも」

「癒されるんだけど、でも、なんていうか、我とか、欲とか、そういうのがまるっきりなくなっちゃってね。もう、わたし、」

そこまで言うと、吉田さんはすっと黙りこんで一点を見つめ続ける。黒い瞳は深い井戸のように見えた。言おうとしていた言葉はその井戸に落っこちてしまったのか、とっくにどこかに消えて気配すらなく、今はただ呼吸だけをしているように見えた。

その呼吸のリズムにつられそうになった瞬間、

「あぁあ。なんかぜんぶがどうでもよくなってくるね」

吉田さんは大きく伸びをして、

「点滴つくらんと」

立ち上がって首を振る。

「みおちゃん、奥に差し入れあるから、好きなん持って帰って」

と吉田さんは薬剤管理室へと歩いていった。

4

それから一年ほど経って、母は祖母の一周忌の少し前に亡くなった。

友引に当たったため、自宅で一泊することになった母は実家に帰ってきた。葬儀屋によって仏間に安置されると、わたしは棺(ひつぎ)の前で首を捻った。

「おかえりっていうのもなぁ」

わたしが五歳の時に引っ越してきただけに、母はこの家で生活したことがない。生活したことがない場所に帰ってくる、というのはなんだかおかしかった。

棺をのぞきこんで、

「あそこのほうがよかった？」

横たわる母に話しかけた。家の母は寂しげにみえた。あの病室のほうが母にふさわしいように思えた。

「あそこは生きてる人だけやからなぁ」

そう言って、母の頭を撫でた。眺めているうちに、母の胸が勝手に膨らんで、わたしはハッと息を吸った。急いで母の掌に指を置いてみたが、指が包まれることはなかった。母の唇に触れても、口を開けることもなく、舌が飛びでてくることはなかった。

「どうしたんや」

父が仏壇を探っている手を止めて声をかけてくる。

「ううん、今呼吸してるように見えたから」

わたしは首を振ってから、

「大丈夫。死んでる、死んでる」

と安堵の息を吐いた。

「手分けして早めにすまそうか」

父は仏壇の棚を探って、

「誰やったら、電話かけられそうや」

奥から取りだした親戚の名簿を畳にばさっと置いた。

わたしの幼少期から、ぱたりと途絶えた親戚付き合い。それでも祖母は葬式だけには顔をだしていたようだった。そのため、祖母の葬式には多くの親戚が集まった。どの親戚のこともわたしは覚えていなかったが、親戚はわたしのことを覚えていて、大きくなったわたしを見て、大いに驚いていた。

祖母の葬式の間中、親戚らは遥香を抱っこしたわたしをとり囲んだ。

小中高はどこで、大学はどこで、職場はどこで、一年ほど前に結婚して、つい最近遥香が生まれた。

などといった、この二十数年をどうやって生きてきたか答えているうちに、祖母の葬式は終わっていった。

小原、守倉、高橋、宮上、関口、ずらりと並ぶ親戚の名簿を見て、顔を思いだしていく。祖母の葬式でよく話した小原夫妻や、祖母の墓参りで偶然かちあった守倉のお爺などいくつかの顔が浮かんできた。

「小原さんですか。祖母の葬式でお世話になりました、高梨美桜です。今朝、母のみゆきが亡くなりました」

「お母さん？」

「はい。実は数年前から癌にかかっておりまして、治りきらないまま、今日の八時過ぎに」

「あぁ、あぁ、そう。お母さん。あの……、みゆきさんやね。それは、あぁ、ご愁傷様です。ちょっと、待っててな、主人にも伝えるね。

……お父さーん、高梨さんとこの……みゆきさん……ほら、みおちゃんの……。そう、数年前から癌やってんて。えぇ……だから……亡くなりはったって……いつって……だから、今朝よ……みおちゃん、ちょっと、ごめんね……」

保留に切り替わると、くるみ割り人形のオルゴールが流れてくる。

「はぁ」

電話を耳にあてたまま、わたしは息を吐きおろした。繰り返される単調な音に、わたしは首を捻じって父を見た。

すると、先ほどまで母の病状の経過を事細かく説明していた父もまた、電話を耳にあてたまま黙って畳を見つめて呼吸をしていた。

その後も似た反応ばかり続いた。まるで遠い昔に亡くなったと思っていた人が、つい最近まで生きていたかのような、中身のない死の輪郭だけを受け取った人の反応はなんとも手ごたえがなかった。

そうして、ようやくわたしは気がついた。

祖母の葬式の時、親戚の誰も母の現状を訊ねてこなかったのは、気を遣ってではなく、彼らは本当に忘れていたのだ。あるいは、数十年を経て、亡くなった人と同じ状態になっていたのだ。

夜になって、わたしは風呂上がりに仏間いっぱいに母の写真を広げた。並べた多くの写真から遺影にふさわしいものを二枚まで絞ったものの、そこからどうにも決めあぐねていた。

「黄色いやつのほうが明るく見えていいんちゃうか？」

「緑色も穏やかそうで捨てがたいわ」

黄色い病衣と緑の病衣、どちらも母によく似合っていた。

「なんや、病衣しかないやんか」

写真を選ぶ段になって、はじめて母が病衣しか着てこなかったことに父は気づいたようだった。

高校の時にわたしが自分のスウェットやシャツを着せた写真は数枚残っていたが、それらの写真の母はだいたいが金髪で遺影には使えそうになかった。

「元から服には頓着なかったからなぁ」

父は悪びれることなく残りの写真をめくっていくだけで、母が植物状態になる前の写真を雑貨棚から取りだしてくる様子は微塵もなかった。

わたしは浴室から持ちだしたドライヤーで髪を乾かしながら、

「お母さん、どっちがいい？　やっぱり黄色いほうかな」

棺の中の母に訊ねた。

「えっ」

思わず固まって、そこからドライヤーのスイッチを切って、ゆっくりと畳に置く。乾いた唾を飲みこんでから、もう一度棺をのぞきこんだ。

それから振り返って、

「お父さん、見て」

父を手招きする。

「なんや」

父はのそのそと来て、棺をのぞきこむと、

「あぁ、深雪」

と感嘆の声をこぼし、懐かしげな瞳に涙を溜めだす。

「美桜、ほら。言うたとおりやろ。昔、おれ何回も言うてたやろ」

自分は嘘など言ってなかったという風な口ぶりで話す。

「別に疑ってないって」

わたしは反論しながら、母を眺めた。

不思議なことに、ずっと歪んでいた母の首がまっすぐに伸びていた。亡くなってもなおも左を向いていた顔が今ではひとりでに正面を向いていた。ひさしぶりに、昔写真で見たあの女性が頭に浮かんだ。

「昔のお母さん、こうやってんぞ。おばあちゃんも、言うてたやろ」

父は自慢げに話しながら、携帯を手に取って写真に収めはじめる。

「あぁ、長い間、たいへんやったやろ。もう、大丈夫や。なぁ、せやなぁ。ようやく、元に戻ってんなぁ」

父はしきりに両手で母の頬を撫でる。

「おばあちゃんにみせてあげたいなぁ。みたら、喜ぶやろなぁ。いや、もうわかってはるか。しっかりした人やったから。もうどっかでみてはるな」

昔を思いだして感慨深げな瞳をする父も久しぶりだな、と幼少時の父や祖母が頭にぽつぽつと浮かんでくる。

「そうや」

わたしは右耳のシルバーのピアスに手を伸ばした。

「つけたままでええやんか」

「形見にもらっとくわ。今までなんももらったことないし」

しかし、よくよく考えてみると、自分も親孝行など一つもしてこなかった。誕生日プレゼントもいつからかあげるのをやめて、今では母の日に病室の花瓶に小さな花を挿して飾るくらいだった。

ピアスは穴にくっついていて、簡単に外れなかった。耳たぶを左手で握ってピアスを引き抜くと、バリッとした感触がしたが血はでなかった。

ピアスには乾いた膿のようなものがこびりついている。ティッシュにお茶を染みこませて拭き取った。ピアスを嗅ぐと、微かに母の匂いがした。

「よし」

わたしは棺をのぞきこんで、

「もらっとくね」

母にピアスをかざした。耳たぶには臍(へそ)のようなくぼみが残っていた。

お通夜の朝、斎場に棺を運びこむなり、父は待合ホールのソファで居眠りをはじめる。わたしは遥香を父の膝の上に乗せてから、受付へと向かった。

スタッフと打ち合わせが終わった時だった。

「あの、故人の深雪さんって、樹仙深雪さんやんね？」

中年の女性スタッフはおずおずと訊ねてきた。

「あぁ、はい。母をご存知で？」

「あぁ、やっぱり。名前きいた時にそうかもって思って。でも旦那さんの名字知らんかって。ついさっき、お顔拝見させてもらったら、やっぱり深雪さんやって」

聞けば、同じ中学と高校に通っていて、母の一学年下だったらしい。

「結婚してしばらくしてから、急に連絡取れなくなって。病気にならはったとはきいたんやけれど」

母がその後に植物状態になったと説明しても、元気な時の母しか知らない彼女は、

「なんやぁ、団地の前の病院やったら、いつでも見舞いに行けたのに。あぁ、亡くならはる前にお見舞い行って、少しでもいいからお話ししたかったわぁ」

と目を遠くにやって話し続ける。

「部活も一緒でね。当時キャプテンやってはって。厳しかったけどね、わたしには優しかっ

たんよ。家族には優しかったでしょう？」

傍目から見てもわかるほど元気な母を想像していて、わたしは否定するどころか、ひさしぶりに昔の母を語る人と出会えて思わず微笑んでいた。

それから一時間ほどして、守倉のお爺が訪れた。一年前と違って、守倉のお爺は右手で杖をつき、義理の娘に抱えてもらいながら現れた。

「軽い脳梗塞（のうこうそく）なって。足はだいぶと動くようになってんやけども」

半年前に脳梗塞になったこと、それから認知症が進んでしまったことなど、中年の娘は左脇を支えながらはきはきと早口で話し続ける。

「時々、はっきりしてるときもあるんやけど。たいがい、ぼーっとしてもうてて。気にせんとって」

たしかにお爺から、祖母の墓参りでかちあった時の、しゃきしゃきとした足取りと朗らかな表情はなくなっていて、瞳もどこかぼんやりとしている。

棺まで招くと、

「お義父（とう）さん、みゆきさん」

と娘はお爺に棺をのぞかせる。お爺は棺をじっと凝視してから、

「だれやぁ」

と少し呂律の回ってない口調で返す。

「だれって、みゆきさん。昔、わたしに話してくれた人」

「みゆきぃ？」

「もう、嫌やわ。ほら、病気で。寝たきりになってはったって、言うてたやん」

母と会ったことのない娘の困惑ぐあいに、

「そうです。みゆき。脳出血で植物状態になって」

わたしは助け舟をだす。「植物状態」という単語にお爺は急に瞳をはっきりとさせる。

「あぁぁぁ」

お爺は腕をばたばたとさせて、

「生きとったぁ。みゆきちぁんが生きとったぁ」

お爺は目に涙を溜めて、父とわたしを交互に見る。

「深雪はずっと生きてましたよ」

父がにこやかにお爺を見つめ返すと、

「どこにいっとったんやぁ。探してたんやぞぉ。親戚で集まるたんびに、みんな心配しとったんやぞぉ」

お爺の蒼白い顔が一気にピンク色に染まっていく。目が輝いて若返って見えたが、次の瞬間にはお爺は脚がふらふらになって、急いで近くのいすに座らせた。それでも、お爺はぶつぶつと呟き続ける。

「びっくりしたんやろな」

父が嬉しそうに言うと、お爺の義理の娘も同意するように何度も頷く。

「一回だけ、親戚に植物状態なった人がいるって話してくれただけで。しかも、もうとっくの昔に、その人亡くなってるっていう風な口ぶりやったから。わたしもそうやけど、本人も亡くなってると知らんまに思いこんでたんやろねぇ」

娘は棺に近寄って、

「わたしと同い年くらいやもんねぇ」

のぞきこんで帰ってくる。

「深雪と結婚決まった時に、守倉さんに報告に行ったらなぁ。えらい深雪のこと気に入ってくれて。頭良くてしっかりしてるってな。でも、植物状態になった時にな、ここは田舎やから、どうしていくかで、いろいろともめてなぁ」

「昔、お義母(かあ)さんが生きてた時、もめたみたいなことも言うてたかな。でも、お義母さんも、もう亡くなってるような口ぶりやったねぇ」

「数十年経つと、そうなるんやろ。あぁ、でもよかった、最後に思いだしてくれてよかったわ」

父は満足そうに腕組みして、ぶつぶつと呟き続けるお爺を見つめた。

その晩、夜伽で斎場に泊まることになったわたしは家に帰ってシャワーを浴びてから、荷物を持って斎場に戻ってきた。

ホールにはもう受付スタッフは誰もおらず、奥のソファで父が一人煙草を吹かしていた。

「ここ、禁煙やで」

「おぉ、おれもう帰るわ。ひさ君、明日来るって？」

「うん、お義母さんと遥香連れて来るって」

夫の家族が来ることを伝えると父は頷いて煙草を消して、

「朝の九時には来るわ」

立ち上がって大きく伸びをした。

「晩御飯どうすんの？」

「向かいのファミレスよるわ」

「じゃあ、わたしも行く」

わたしは棺に向かって歩きだし、

「最後に挨拶して帰って」

父をホールへと手招きする。

「こんな話しかけられたん、久しぶりやろ」

平日のお通夜で訪れた人は少なかったが、それでも母を知る人間がこんなにも訪れたことはなかった。

「みんな、驚いてたなぁ」

棺の母をのぞいたその瞬間だった。

母の背中からすっと影が消えていったように見えた。目を瞬かせると、影はやはりあった。しかし、ずっと感じていた、そして、亡くなった後もあった存在感が母の体からなくなっていた。

足腰の力がふっと抜けて、たまらず棺にもたれかかった。それでも上体がぐらついてどうしようもなく、わたしは上体を預けて棺に覆いかぶさった。

「大丈夫か」

父に腰を支えられて、ようやく体に力が戻ってくる。

「どうしたんや」

父は訝し気に眉をひそめる。

「うぅん」

わたしは首を横に向けて母の顔を眺めた。そして、確信と共に首を左右に振った。

「お母さん、おらんくなった」

すると、

「うん？」

父は身を乗りだして、真正面から母を凝視する。しばらくしてから、父は身を引いて、後ずさりしていすに座りこんだ。

「あぁ、おらん。どっかいってもうた」

口を半開きにして呟く。

「せっかく、元に戻ったのに」

父は呆然（ぼうぜん）となって、無表情の顔に涙を流しだした。

そこから一気に活力が失せた父は、昼の弁当が残っているからとファミレスによらず、そのまま帰ってしまった。

父が帰ると、わたしは家族控室に引きこもった。

まだ寝るには早く、ソファに座って携帯をいじったり雑誌をめくっていると、一日の疲れもあっていつのまにか、うつらうつらとしていた。

コツン、コツン。

どこからか音がして、わたしは垂れていた首を起こした。短い時間すごく深く寝入っていたようで、一瞬ここがどこだかわからなかった。

スリッパをはいて控室からでて、ホールを横切った時、短い悲鳴をあげてしまった。ホールの玄関に黒い影が張りついて見えたのだ。

それが人影ではなく人間そのものだと気がついて、

「ごめんなさい、寝てました」

わたしは急いで玄関の鍵を開ける。あらためて見ても、長い黒髪に色白の細面だと幽霊と間違えたのもしかたないように思えた。

「ごめんね、驚かせて。メールしたんやけど返信なくて」

「こちらこそ、ごめんなさい。急に呼びだしておいて、気づかなくて」

「ねぇ、みおちゃん、ほんまにいいの？」

「いいから。じゃないと、明日焼いたらもう二度と会われへんやん」

「でも、陽平さん、嫌がってるから」

「黙ってればいいから。それに今ならもうお父さんもいいって思ってるはず」

「なんかあったん？　葬式の参列も控えてほしいって言ってたけど」

「まぁ、なんかいろいろ。多分もう、よくなったはず」

莉子さんの手を引っぱって、わたしは母の棺へと連れていく。

「お母さん、莉子さん来たで」

莉子さんは恐る恐るのぞきこむ。しばらく黙ったまま、母をじっと見つめつづける。それから、ふーっと息を吐いて、

「なんかわからんけど、あぁ。会えてよかったわぁ」

細い目が曲がって、白い肌から白い歯が見える。

「ほんまは生きてるときに莉子さんに会ってほしかったんよ」

「わたしも会いたかったわぁ。わたしのこと、知ってはった？」

「うん。だいぶ前から、わたし報告してたてん」

「そっかぁ。どんな人やったん？」

「んんー、首が捻じれてて、あとはなぁ……」

同じように首を捻じって考えても、何も浮かんでこない。

「色の白い人やねぇ」

「そやね。生きてるときからこれくらい白かったわ」

「あっ、そうや。忘れんうちに」

莉子さんは小さなバッグから香典をだす。

「困るわぁ、夜中に来てもらってんのに」

両手で香典を押さえると、

「じゃあ、こうしよ」

莉子さんは香典袋を剝いで現金を剝きだしにする。

「ただの小遣い」

それは莉子さんがよくする手段だった。

大学の入学祝いの時も、

〝祝いじゃなくてただのお小遣い。だから、お父さんやおばあさんに言うことないし、お返しも必要ないから〟

といって現金そのままでくれたのだった。

しかし、今回ばかりは自分のことではなく母のことだから受け取れないとわたしは強く首を振った。

「旦那さんにも言わんとき。何もないとは思うけど、いざという時のために、自分とはるちゃんのお金は別に貯めといたほうがいい」

正論に根負けして受け取ると、莉子さんは満足して早々に帰った。

送りの玄関で、

「これでもうなんの遠慮もいらんから」

と父との結婚に触れると、莉子さんはすっきりした顔で頷いていた。

平然と頷いたところをみると、莉子さんは母と対面して黙っている時、父と結婚することを心の中で報告していたのかもしれない。

そうなら、したたかで腹の太い人。案外、昔の母もあんな感じの人だったりして。そんなことを考えながら、わたしはスリッパを鳴らしてホールを横切っていく。

控室に戻ってソファに座ると、妙に斎場の静けさが染みてきて、誤魔化すようにテレビをつけた。それでも、テレビの騒がしさが斎場全体に響くようで、余計に静けさが際立ってテレビを消してベッドに入った。

ベッドに入ってから、ここで生きている人間はわたしだけ、と訳の分からないことを考えているうちに眠りに落ちた。

目が覚めると、もうカーテンの隙間がわずかに白んでいた。働きだしてから睡眠が浅くなっていたので、よく眠れるかという心配は杞憂に終わった。のそのそと起きてトイレに行った帰り、ホールをのぞいた。

母は変わらず棺の中で横たわっていた。弔問客用のパイプいすを一つ持ってきて、棺の横に座りこんだ。ホールは静かで、焚いてもいないのにお線香の匂いがどこからか漂ってきた。

鼻から深呼吸を繰り返してから、棺にもたれかかる。甘やかな眠気がさしこんできて、うとうとしてくる。自分の両腕を枕にして、わたしは棺に突っ伏した。自分の寝息が耳から聞こえてきて、わたしはそれに身を委ねていった。

するとそこに重なってくるものがあった。

寝ちゃあいけない。

全身に力をこめてみたが、腕も足もまったく反応しない。ほんの少しだけ反応した首をなんとか左に捻じった。そして、歯を食いしばりながら、瞼を開けようとした。

しかし、瞼は完全に神経が途切れたようにまったく反応しない。わずかに反応する額を強くしかめると、重い瞼がほんの少し開いた。

横に潰れた視界の中で、瞳を動かしてホールを見渡した。空っぽのホールを見渡してから、側面の薄紫色をした壁をよじ登るようにして上へ上へと伝っていって、クリーム色の天井へと視線を上げていった。

首を梃子に上体を捻じって、なんとか上向きになる。いすの背もたれに首を預けるようにした。するとそこですとんと瞳の力が抜けて、視線が天井に定まった。

すると視界が、視界の裏にある何かが膨らんでは縮んでを繰り返している。そのリズムは間違いなく母のものだった。

先ほどまで聞こえていたわたしの寝息は聞こえてこなかった。わたしもまた呼吸をしていなかった。ただ、その奥で同じようにして膨らんでは縮みを繰り返しているものがあった。

次第にリズムが同期していくと、視界が一気に開けていく。

今までのどの時よりも母を近くに感じた。かつて幼少時に一度、母に体を預けて寝入った時、眠気で母と私の体が溶けて混然一体に感じたことがあった。

あの時よりも直(じか)に母が伝わってくる。

〝おかあさん〟

母を呼ぶ声は声帯を使わずに響く。それは変わらずに膨らんで縮んでいるが、それでも返ってくるものがあった。

同時に、それがいつまでもわたしのそばにあることはない、そんな感触もあった。やにわに視界が滲んでいって、母を呼ぶ声にわたしは沈んでいくのだった。

親戚と一緒に来た父に、棺にもたれかかって寝ているところを起こされた時には、もう九時を回っていた。

その日はひっきりなしに弔問客が訪れた。

親戚らは棺をのぞきこむと、誰もが母をじっと見つめた。

「あらぁ、えらい老けはって」

「雰囲気はかわってないわぁ」

「面影は残ってるな」

「あぁ、みゆきちゃん……。なんか、ごめんね」

面影を探してほっとする人や、白髪まみれの頭や法令線のはいった口元に驚く人。中には首を捻って、腑に落ちないまま流れていく人もいた。

出棺が迫って棺が閉じられる直前、わたしは母の耳元に近づいて話しかけた。

すでにそこに母がいないことはわかっていた。ただ、呼吸でもって母の存在を伝えてくれたこの体を、今はもう本当に空っぽになったこの体を、いくつかの言葉で満たしたかった。

二言三言ほど囁いて言葉を伝えると、満足して顔を上げた。

その様子を見ていた親戚らは、ある者はぼんやりとした瞳をして、ある者は何かを思い出したように目を丸くして、ある者は申し訳なさそうに口をギュッと閉じていた。

焼き場に移動して母が焼かれはじめると、待合ホールで親戚らは輪を作った。母が死んだ途端、忘れていた二十六年を埋めるようにみんなが母を語りだす。母のせいで疎遠になった親戚付き合いが嘘のように、集まりは活気に溢れていた。

……みおちゃん、昔ね。わたしがまだ高校生で、みゆきさんはたしか働きはじめた頃やったかな。どこで聞きつけたんか、突然わたしのバイト先に来てな、店長を呼びつけたと思ったら……

……はじめて会った時、おれは大人しい子やなと思ってたんやけど。二回目会った時にな、おじさん、わたしこの前、本町で見たよ。おじさんと仲いい子な、って誰も知らんこと……

……みゆちゃんがまだ五歳くらいの時や。奈良におばあちゃんとわしとみゆちゃんの三人ででかけた時に、ばあちゃんがトイレ行ってる時に、みゆちゃんがいきなり、なぁなぁ、百円ちょうだいって言ってきたんや。普段から一切おねだりせぇへん子やったから、びっくりしてな。みゆちゃん、何に使うんってきいたらな……

今まで聞いたことのない話ばかりで、わたしはどの話にも大いに興味をもって、微笑ましく、時に声を出して笑いながら聞いた。

親戚らの語る母は、祖母や父から聞いていた母と微妙に違っていて、結局わたしの中で昔の母は永遠の謎になりそうだった。

一度でいいから、母と話してみたかった。

「どうしたん。みおちゃん、涙流しながらニコニコして」

「だって、みんなの話が可笑しくて可笑しくて」

尽きることのない親戚らの熱にあてられてか、初めて親戚と会った夫もぼそぼそと母を語りはじめる。

「はじめてみゆきさんに会った時、あぁ、どうりで、みおがこんなにわがままに育ったわけだって、納得したんです」

そのなかで一人、父だけが母の話をうまく聞くことができないようだった。

かつてのわたしのように、どの話を聞いてもその人物が自分の中のどこにも繋がらないような、覚束ない返事を繰り返す。ただ視線だけはしっかりしていて、何かを摑もうとしていた。

遥香がぐずりだし、わたしは輪から外れてホールの隅へと歩きだした。山腹を切り崩してできた火葬場の窓から谷が見えた。細まった谷底を川が勢いよく流れて、水しぶきをあげて白く迸っていた。

二人掛けのソファに斜めに腰かけると、わたしは遥香にお乳を与えた。時おり唇をくにくにと動かしては乳を吸う娘を見つめる。お乳に満足してプッと口から空気を吐きだすと、遥香は細かな汗粒を頭皮に浮かばせて寝息をたてはじめる。

つい二週間前にも抱っこしてあの病室に連れていったばかりだった。遥香は母の膝に乗せられると、はじめは戸惑っていたものの、すぐに母にもたれかかってすやすやと眠りはじめた。

最近、言葉を一つ二つ覚えはじめた遥香は母に抱かれたことをおそらく思いだせないだろう。

大きくなった遥香に、もし母がどういう人だったかときかれたら、うまく伝えられるだろうか。長い間一緒に過ごさねばわからない、あの独特の生き方を遥香にきちんと伝えられるだろうか。

かつてのわたしのように、かつての父や祖母のように、かつての親戚のように、遥香は母を勘違いしてしまわないだろうか。

母は……

ベッドに座って首を捻じり白目を剝く人、よだれを垂らしながら一心不乱に咀嚼する人、四十を過ぎてからアトピーになる人、腕を振りまわしてベッド柵にぶつけて指の骨を折る人、それとも、石鹼と消毒が混じった匂いのする人。

記憶を辿ってみても、どれもが摑みどころなく浮かび上がっては淡く消えていく。母が亡くなってこの一日二日の間、微熱のようにじわじわと滲みでてきた母との思い出も今はパタりと止んでいた。

諦めの息を漏らした時に、ふと、いつものリズムに呼吸がはまる。穏やかで芯のある母の呼吸が自分のどこかに染みこんでいるようだった。すると、やにわに脳裏にあの頃の母が鮮明に浮かんでくる。

首を傾けてそっぽ向いた母、そんな母のなだらかに垂れた腕の先に開かれた掌がある。その菜の花のように開かれた掌に、電球みたいに握りしめた右手を恐る恐る置く幼い頃のわたし。母がふんわりとわたしの拳を包むと、わたしの小さな胸も揺れながら黄色く染まっていくのだった。

物心がついてからは何か辛いことがあった時、わたしは自分のおぼこい手を母の掌に預け、包んでくれるのを待った。母は掌に感触を認めると、必ず掌と指をわたしの拳に沿わせて包んでくれた。

父や祖母も、おでかけの時には必ず手を握ってくれた。家の前の道路が比較的交通量が多かったから、玄関をでる時はどちらかがわたしの手を握った。しかし、愛情深い祖母でさえ、わたしの手を握る時、わたしをその場に留めようとしたり、あるいはどこかに連れて行こうという意図が温かな手の奥に潜んでいた。

そういった意図を感じとると、思わず肩が縮こまった。本能的に肘を捻じって手を引っこ抜いて、すぐにでもその温かな牢獄から逃れたいといつも感じた。

母がわたしの手を握る時、そこには何もなかった。空っぽの、輪郭だけの温かさにいつまでも手を包まれておくことができた。掌の中でもわたしは自由なままで居られた。

手を握るのが上手な人。

遥香にきかれたらこう答えよう。そう思った時、輪から抜けた父がソファに向かって歩いてきた。短い距離だというのに息を切らしていた。

「実は言わなあかんことあるんや」

「また後にして」

「別れるわ」

「はぁ?」

「結婚は無理や」

「なに言ってんのよ。莉子さん、ずっと結婚したくて待っててんで。お母さん亡くなってんから、結婚してあげやな」

「亡くなってもやっぱり無理やわ」

「人を十年も待たせておいて、なにを今さら言うてんのよ!」

「お酒もやめる」

理由もわからないまま、しかし、確信を持った、そんな顔つきで父は長い鼻息を漏らす。

「大丈夫。お母さん死んだん、お父さんのせいちゃうから。安心して結婚しぃよ」

「どういうことや」

「お母さんに莉子さんと結婚していいか、きいたことある？」

「ないわ」

「お母さんの前に、莉子さん、連れていったこともないやろ」

「当たり前やないかっ」

すると眠っていた遥香は目を開けて、顔を振る。

「声おっきぃわ、静かにしゃべってよ」

父を睨(にら)みつけると、遥香もまた父を見上げる。遥香は父を一瞥してから、また目を閉じた。

「もう好きにしぃよ」

それでも父は立ったまま、何も言葉を返さずに黙りこむ。

「おぉーい、陽平」

集まりから父を呼ぶ声がする。

「……みゆきちゃんさ……あの時……おまえにな……」

父は手を上げるものの、足を踏みだそうとしなかった。

「みぃさん、来た！」

廊下の先のガラス戸の向こうを小さな赤いバンが横切っていった。

「遥香、持っといて」

わたしは父に遥香を押しつけ、廊下を小走りで進んでいく。ガラス戸を開けると、微かな暖気を感じた。

赤いバンへと駆けつけると、運転席でみぃさんは片手を上げてから、バンの後部座席のドアを開けた。ドアがスライドしていくと、車いすに乗ったあっ君が現れた。

「あっ君！」

後部座席がまるまる取り払われており、そこに車いすががっちりと固定されていた。

「ついさっき、できたところなの」

運転席からみぃさんは嬉しそうに振り返った。気がつけば、わたしは後部座席に乗った母を想像していた。

どうして一度も母をあの病室から連れださなかったのか。父や祖母のように、わたしもまた母のあの異様な静けさに平常ではなかったのかもしれない。今になって、わたしも母から醒めたのかもしれない。

「通ってばっかりやったからなぁ」

もし、母を外に連れだせていたら。

青空の下で車いすに乗って微動だにしない母を思い浮かべる。

中学生や高校生のわたしは嫌がっただろうけど、例えば、幼稚園の運動会の時、リレーでゴールテープを切ったその先の、観覧席に車いすに座った母がいたら。

あるいは、大学の卒業式で振り返った時に母がパイプいすに座っていたら。

祖母の葬式の時に、母を参列させることができたなら。

母は今よりほんの少しだけ長生きしたんじゃないだろうか。

しかし、二十六年の間、そんな考えは一度も浮かんでこなかった。

それほど、あの病室には母を受け入れる土壌があった。母はあそこで根っこを張って生きていたのだ。何人もの人間たちがただ呼吸をし続けるあの部屋は、やはり、母にとって一番の場所だったのだろう。

「昨日もあっ君に、深雪さんいなくなって寂しいねって話してたの」

みぃさんはあっ君を後部座席から降ろし、膝に毛布をかける。

「だから、会いに行こうって思って。急いで車の後部座席、外してもらった」

「もう焼いちゃったけど、お骨拾いまだやから」

「みおちゃんも言ってたけど、あたしもね、何回か深雪さんとあっ君が見つめ合ってるの見たことあって」

「じゃあ、早く向かいのベッドに誰か入ってきたらいいね」

「そうね」

「みぃさん。お母さんな、多分わたしのせいで癌になってん」

「あら、なんでまたそんなこと」

「わたしね、昔お母さんに、言ったらあかん言葉いっぱい使ってきてん。一回や二回じゃないねんよ。ほんとにひどいこと言ったん」

母の前で、父は声を荒らげることはなかったし、祖母もぐちぐちと文句を言うことはなかった。父も祖母も母をきちんと扱っていた。

わたしだけだった。なんでもかんでも臆面（おくめん）なく母に漏らしていたのは。自分が楽になるために、父と祖母の仲が悪いことも、父が浮気していることも、包み隠さず言ってしまった。みぃさんがママだったらよかったのに、と母に耳打ちしたこともあった。

「子供はみんなそんなもんよ」

「ほんまにいろんなもの、押しつけちゃったん」

母の胸のレントゲンを見た時、ひどく心が痛んだ。

癌は肺の中にいくつも散らばっていて、あるものは刺々（とげとげ）しく、あるものは中が空洞になっていたりと様々だった。そんな痛々しいレントゲンを見た時、輪郭の尖った数々のしこりは、かつて自分が母に押しつけたものにしか見えなかった。

母をゴミ箱のように扱っていた時代のわたしの業は、胸の中で数多くの硬いしこりになって、母を蝕んでいたのだ。

「みぃさんにも謝らなあかんことあんねん」

「なぁに？」

「わたし、あっ君に三回くらいキスした」

みぃさんは目を見開いてから、

「いつくらいのとき？」

首を振って微笑んだ。

「中学生のとき」

「あぁ、よかった。ちょうどその頃ね、あっ君の口から誰かの唾液の臭いしたことあって。看護師やったら、あたし許せないって。みおちゃんだったらいいなって思ってたのよ」

外で風を浴びるあっ君は頬が少し紅潮して、あの病室に来たばかりの頃を思いださせた。

「わたし、あの時、あっ君のこと好きやってんな」

あっ君も身勝手だったわたしを受け入れてくれた。わたしは子供の頃、恵まれていたのだ。

静かで穏やかだったあの病室に通うこともなくなる。わたしはきっとこれから苦労することになる、そんな予感がした。

「あっ君も、お骨拾い入ってな」

あっ君の男らしくなった横顔を見つめた。あっ君はこれからもあの病室で生きていく、そんなことを考えていると、お爺やお婆の顔が浮かんでくる。

彼らは今もあそこで座って呼吸を続けている。そのことを思いだすと、わたしは目を閉じて一息一息呼吸する。すると、自分もまた呼吸をして生きていることが実感されるのだった。

初出
「小説トリッパー」二〇二二年秋季号
書籍化に際し加筆・修正を行いました。

装幀　albireo
陶作品　舘林香織
写真　Beth Evans

朝比奈秋（あさひな・あき）
一九八一年京都府生まれ。医師。二〇二一年、「塩の道」で第七回林芙美子文学賞を受賞。受賞作を収録した『私の盲端』でデビューする。

植物少女

二〇二三年一月三十日　第一刷発行
二〇二四年十一月二十日　第六刷発行

著　者　朝比奈秋
発行者　宇都宮健太朗
発行所　朝日新聞出版
〒一〇四-八〇一一　東京都中央区築地五-三-二
電話　〇三-五五四一-八八三二（編集）
〇三-五五四〇-七七九三（販売）

印刷製本　中央精版印刷株式会社

ISBN978-4-02-251884-2